메르헨

연여름

메르헨

아작

toc.

# 1

## 재회

예고 없던 함박눈이 묵직하게 쏟아지는 새벽이었다. 뛰다시피 플랫폼에 막 올라온 기진은 출입문이 닫히기 직전 아슬아슬하게 모노레일로 뛰어들었다.

일요일 오전 첫차는 한산했다. 운행 소음도 미미한 데다 안내 방송조차 없어서 어깨에 내려앉은 눈송이를 털어내는 동작도 요란스레 느껴질 만큼 열차 안은 고요했다. 그래서 대각선 방향의 끝에 있는 사람을 발견하기 전까지 기진은 차량 내 승객은 자기뿐인 줄로만 알았다.

채도 짙은 붉은색 머플러를 단단히 감은 그 승객

은 기진을 등진 방향으로 서서 미동도 없이 창밖을 바라보는 중이었다. 모노레일의 부드러운 움직임을 따라 연약한 물결을 그리는 검은색 롱코트 자락만이 그 모습이 정지화면이 아님을 알려주었다. 눈이 내리는 바깥 풍경에 흠뻑 빠져 있는 뒷모습이었다.

기진은 소리 없이 내리는 눈을 소리 없이 바라보는 퍼포먼스 중인 무대에 들어선 것 같다고 생각하며 자리에 앉았다. 기진의 목적지는 이 노선의 종착역에서 바로 한 정거장 앞이었다. 달려갈 길이 먼 만큼 대본을 살필 시간도 넉넉했다.

긴 의자를 혼자 차지한 채라 대본을 에어 페이퍼로 공중 출력해도 내용을 엿볼 사람은 없었다. 그래도 매사 신중한 기진은 개인 시야 범위 확보를 위해 가방에서 고글을 꺼내기로 했다. 그때 함께 넣어두었던 빨간 털실 타래가 굴러떨어졌다. 털실은 연극에 쓸 중요한 소품이었다.

민첩하게 잡아보려 했지만 기진의 손에 남은 것은 온전한 털실 뭉치가 아닌 꼬리 한 올이었다. 타래는 기다란 선을 남기며 이미 멀리까지 굴러갔고 빨간 머플러 승객의 구두 앞코까지 가서야 멈춰 섰다.

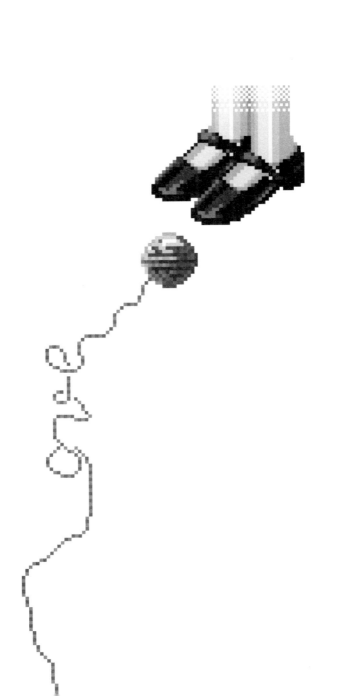

그제야 그 승객은 창밖이 아닌 제 발밑으로 시선을 떨어뜨렸다. 설경 관람을 방해하고 말았다.

기진은 이쪽 끝의 털실부터 수습하기 시작했다. 잠시 멀뚱히 있던 빨간 머플러 승객은 곧 실타래를 주워 들고 그쪽부터 천천히 되감기 시작했다. 어쩐지 여유 있는 몸짓이었다. 공교롭게도 서서히 가까워지는 저쪽 승객의 머플러 색깔과 털실 타래의 색깔이 거의 비슷했다.

원래의 팽팽함을 잃고 질서 없이 모아진 실타래를 건네받으면서 기진은 사과했다.

"조용한 시간을 방해했네요. 죄송합니다."

"아니에요."

빨간 머플러 승객이 드디어 입을 열었고 그제야 기진은 상대의 얼굴이 아닌 흐트러진 실타래를 바라본 채로 사과했다는 것을 뒤늦게 깨달았다. 기억에 분명히 남아 있는 목소리에 퍼뜩 놀라서야 비로소 고개를 들었기 때문이다.

"안녕하세요. 권기진 선생님."

코까지 바짝 올려 감았던 머플러를 느슨하게 내리며 제 얼굴을 드러낸 상대는 기진이 알고 있는 그 목소리의 주인공이 맞았다. 올해 첫눈만큼이나 예기치 않은 만남에 기진은 그대로 굳어버리고 말았다.

여자는 두 손을 코트 주머니에 찔러 넣으며 말했다.

"설마, 기억 못 하시는 건 아니겠죠? 시간이 많이 흘렀다지만요."

무려 14년 만의 재회였다. 이제 두 사람은 나란히 40대 중반으로 접어드는 중이었다. 빨간 머플러 승객은 그전과 다르게 짧아진 머리카락에 세월이 더 깃든 모습이었지만 알아보지 못할 수는 없는 인연이었다.

문제는 일란성 쌍둥이 중 한 사람을 14년 만에 우연히 마주해, 그가 누구인지 한 번에 맞히는 일이 수월하지 않다는 것이었다.

여자는 자신이 쌍둥이 중 어느 쪽인지 기진이 정확하게 호명해주기를 바라는 눈이었다. 기진이 짐작하는 답은 있었다. 오래전 이런 장난을 좀 더 즐겼던 쪽은 분명했으니까.

그러나 14년이라는 공백이 있었다. 섣불리 판단하지는 않기로 하며 기진은 빨간 머플러 승객에게 대답을 미뤘다.

"이런. 조금 섭섭한데요."

여자는 콧잔등을 찡그리며 기진을 가만히 응시했다. 마치 누구라고 말할까 고민이라도 하는 것처럼. 그러다가는 이내 머쓱한 웃음을 지으며 동생 쪽의 이름을 터놓았다.

"공은호잖아요."

대답을 듣자마자 기진은 짧은 한숨을 내쉬었다. 예상과 다른 답이기도 하고 좀 더 그리운 이름이기도 한 복잡한 마음에서였다.

은호가 사과했다.

"죄송해요. 이런 장난, 모처럼 오랜만인데요."

"쌍둥이와 얽힌 사람의 숙명이라고 해야겠죠."

사실 기진은 아직 이 숙명의 장난이 끝난 거라고는 믿지 않았다. 그래도 일단 배우다운 능청스러움을 이어가 보기로 했다.

"오히려 저를 먼저 바로 알아봐주다니 더 놀랐어요. 14년 만인데요."

"꼬부랑 할아버지가 되어도 알아볼걸요. 그만큼 많이 좋아했던 사람이었으니까."

다만 저 가감없는 솔직함에는 다시 굳어버려야 했다. 그런 기진이 귀엽다는 듯 은호는 웃음을 터뜨리며 물었다.

"선생님은 정말 하나도 안 변했어요. 아직 이음 센터에 계세요?"

기진은 고개를 끄덕였다.

"여전히 재생인 교육도 하시고요?"

"네."

곧 정차한 역에서도 새로운 탑승객은 없었다. 휴일 새벽인 데다 궂은 날씨였다. 바깥을 활보하기보다 잠자리에 웅크려 있는 편이 어울리는 시간과 날씨이긴 했다.

"차를 가지고 나갈지 말지 고민하다가 하늘이 심상치 않아서 모노레일을 탔는데 덕분에 선생님도 만나고, 재밌네요."

은호는 이제야 텅 빈 좌석을 알아챈 사람처럼 자리에 앉으며 말했다. 목적지는 밝히지 않았지만 아주 멀리 갈 듯이 느긋해 보였다. 몇 뼘의 거리를 두고 기진도 나란히 앉았다. 이전에는 훨씬 더 가까운 거리감일 때가 있었지만 오래전 일이었다.

"이른 시간에는 쓰기에 집중해야 한다고, 외출은 안 하지 않았어요?"

"그랬죠. 하지만 예고하고 찾아오는 장례식은 없으니까요."

은호는 '그런 생활 패턴까지도 기억하고 계시네요'라는 표정으로 대답했다. 그리고 최근 책 작업을 함께 했던 이의 장례식이라고 덧붙였다. 검은 옷차림의 이유였다.

"선생님은요? 일요일이니 센터에 가시는 건 아닐 테고."

"연습이요. 다음 주가 공연이거든요."

오늘은 이르게 연습실을 독점하고 싶어서 새벽부터 서두른 참이었다.

"아, 연극이군요. 어떤 역할인데요?"

은호가 호기심 어린 눈으로 물었다.

기진은 고글을 다시 넣어두었다. 시간을 보낼 대본은 이제 필요 없게 된 것 같았다. 쌍둥이와 알고 지내던 시기에는 연극을 쉬는 상태였는데, 무대에 다시 오른 것은 약 5년 전부터였다.

"알려진 작품은 아니에요. 이번 배역의 이름은 '캣'이라고 하는데요. 이 털실이 바로 제 대사예요."

캣은 양손과 손가락을 이용해 털실을 얽어 만드

는 형태의 시각언어를 사용하는 인물이었다. 오직 손짓과 몸짓, 표정으로 모든 대사를 섬세하고도 정확하게 표현해야 했다. 적은 분량이지만 강한 인상을 남기는 배역인데다 직접 대본에 참여하기도 한 만큼 부담감도 컸다.

흥미롭게 듣던 은호가 털실을 가리키며 물었다.

"실뜨기인 셈이네요. 조금 알려주실 수 있어요? 캣의 언어."

"저는 괜찮지만……."

기진이 눈을 들어 노선도를 확인하자 은호가 말했다.

"시간은 충분해요. 종착역까지 가니까요."

그렇다면 마다할 이유는 없었다. 과거를 되짚는 대화보다는 일에 관한 이야기가 어쩌면 더 편할지도 몰랐다.

기진은 적당한 길이로 털실을 두 번 잘라 하나는 은호에게 건넸다. 그리고 캣의 언어의 기본이 되는 몇 가지 패턴을 만들어 시범을 보였다.

가장 쉬운 네, 아니요부터 난이도가 꽤 높은 안녕, 고마워 같은 단어까지. 연출자와 함께 고민해 만

든 패턴이 양손 사이에 고유의 모양으로 나타났다
가 사라지기를 반복했다. 기진의 손끝을 따라 은호
의 시선과 손가락도 부지런히 움직였다. 처음엔 쉽
게 따라 했지만 안녕과 고마워는 중도 포기했다.

"고맙다는 말이 이렇게 어려워서야, 캣의 삶도 쉽
지는 않겠는데요."

"맞아요. 이 작품에서 캣에게 타인과의 연결감을
나타내는 언어는 복잡하고, 그 반대는 쉽다는 규칙
이거든요. 예를 들면 배척이나 혐오, 무관심 같은."

관객은 패턴의 정교함과 단순함의 여부만으로도
캣의 감정을 따라갈 수 있다.

"그럼 가장 어려운 대사는 뭐예요?"

"당신의 마음을 압니다, 요."

손가락뿐 아니라 손목, 팔꿈치까지 확장해 실을
걸어야만 나오는 화려한 패턴이었다. 거미가 짜놓은
거미줄을 닮았는데 무대에서도 제법 시간이 걸리는
대사다.

이 작품에서는 패턴을 짜는 데 들이는 시간과 인
물 간의 교감 상태가 비례하고, 그것이 곧 캣의 언어
가 가지는 무게였다. 오늘 이르게 연습실을 독점하

고자 하는 것도 그 대사를 완성하기 위해서였다.

"겨우 실뜨기라고 해서는 안 될 것 같은데요."

은호의 말에 기진이 웃었다. 은호가 왜냐는 듯이 바라보았다.

"예전에 수업에서 나호 씨가 했던 말이 기억나서요."

"언니가요? 뭐라고 했는데요?"

"연극 수업 첫날, 역할극 놀이를 할 거라고 안내하고 배역을 하나 맡겼는데 대사가 너무 많다면서 '겨우 놀이가 아니잖아'라고 투덜거렸거든요."

뭔지 알겠다면서 은호는 덧붙였다.

"그래도 언니는 선생님 재활 수업 좋았다고 했어요. 역할극이니 점토 작업이니 종이접기 같은 것들, 어린 시절 추억 같다고요."

"책 찢은 페이지로 종이접기 했다던 그 이야기는 저도 기억이 나네요."

"아, 맞아요. 그건 좀 발칙한 모험이었죠. 그런데…… 그 책 제목이 뭐였더라."

"이오나 셀터의 《시선》이요."

기진의 대답에 은호는 기함했다.

"이제는 선생님 기억력이 좀 무서울 지경인데요.

망각도 일종의 축복이라는데."

"잊은 것도 많아요. 하지만⋯⋯."

"하지만?"

"좋아했으니까요."

기진은 무심하게 대답하며 털실로 펼친 책 모양을 만들어 보였다. 은호도 흉내 내보려 했으나 모서리 한 군데가 이지러져 대칭이 맞지 않는 책만 손 안에 남고 말았다. 은호는 실을 풀어버리며 입을 열었다.

"그날도 꼭 이런 날씨였어요."

그날. 앞뒤로 아무런 묘사도 없는 무미건조한 단어에 불과했지만, 어떤 하루를 가리키는지는 기진도 알았다.

"나호가 아무리 운전을 좋아한다 해도, 이런 날 자가 주행은 무리수였어요."

공나호가 이음 연구소를 통해 재생인이 되기 전, 눈길에 미끄러진 차량이 전복되어 한 차례 사망했던 날이다.

"그런데⋯⋯ 그때 나호가 죽지 않았다면 선생님을 만나지 못했을 테고, 그건 또 어떤 삶이었을지 가끔 궁금하기도 해요."

"그 가설을 소설로 써봐도 좋겠는데요."

기진의 대꾸에 은호는 모르기 전으로 돌아가기에는 이미 늦었으니 안 되겠다며 낮게 웃었다.

"선생님도 아시죠? '공존'은 이제 없다는 것 정도는."

'공존'은 나호와 은호 쌍둥이 자매 소설가가 둘의 인격을 합쳐 사용한 필명이었다. '공존'이 두 사람으로 구성된 팀이라는 사실은 첫 작품부터 분명히 밝힌 내용이었고, 완전히 똑같이 생긴 일란성 쌍둥이 자매가 환상적인 색채의 작품을 함께 쓴다는 점이 독자들에겐 꽤나 신비주의적인 인상을 남겼었다.

"그럼요. 지금은 공은호 씨의 이름으로만 소설이 발표되고 있으니까요."

바로 지난달에도 신작이 출간되었다.

"설마 계속 읽어주셨던 거예요?"

은호가 놀라 물었다.

"소설에서라도 은호 씨의 이름을 종종 볼 수 있어서 반가웠다고만 해둘까요."

담담히 말하며 기진은 헤어짐의 인사인 안녕의 패턴을 만들어 보았다. 캣의 언어 중에서는 간단한 모양에 속하는 단어였는데, 이번에 은호는 따라 하지 않고 기진을 가만히 바라보다가 입을 열었다.

"그런데 선생님. 나호 언니에 대해서는 별로 궁금하지 않으신가 봐요. 전혀 안 물어보시네요."

"궁금하지만…… 어쩌면 은호 씨가 이야기하고 싶지 않을 수도 있잖아요. 만일 그렇지 않다면 은호 씨가 먼저 해줄 거라 생각하고요."

기진은 일부러 은호의 이름에 약간의 강세를 실어 말했다. 은호는 천천히 고개를 저었다.

"뭐랄까. 전부터 생각했던 건데 선생님은 좀 더 뻔뻔한 태도로 살아도 괜찮을 거예요. 진심으로 안 되면 연기로라도요."

"무대라면 모를까 보통 때는 잘 안 돼요."

"왜요. 우리는 어느 면에서 모두 연기자로 살아가는 중이라고 말한 분이 선생님이었던 것 같은데요."

기진은 더 이상 변명도 반박도 없이 빙긋이 웃었다.

요즘도 재생인(再生人) 재활 프로그램을 진행하면서 같은 이야기를 하고 있다. 복제를 통해 다시 살아가게 된 재생인은 제 존재의 당위를 일생인(一生人) 이상으로 검열하는 것은 물론, 존재 자체가 허위라는 자책감을 갖는 경우가 많다.

연극 수업에서 기진은 역으로 묻는다. 당신이 재생인이 아니라고 가정할 때 모든 순간을 오로지 진실로 살아갈 자신이 있느냐고. 때때로 가면을 쓰고 살아가는 삶은 누구도 피할 수 없으며, 가면을 쓰는 연습을 통해 비로소 타인을 이해하기도 하고 교감으로 나아갈 수 있다고도 덧붙인다.

잠시 침묵이 흐른 사이 은호는 조금 쓸쓸한 표정이 되어 있었다. 기진은 목적지가 장례식이라고 했던 은호의 말을 떠올렸다.

창밖에서는 눈보라가 어지러운 소용돌이를 만드는 중이었다. 당장 쉽게 그칠 것 같지는 않았다. 종착역까지의 시간은 여전히 넉넉했고, 기진은 은호의 충고대로 조금 뻔뻔해져 보기로 했다.

"자주 투덜거리긴 했어도, 연극 프로그램에서 나호 씨는 좋은 배우였어요. 지금 생각해도요."

그 말에 은호는 의아함을 담은 눈으로 기진을 바라보다가 이렇게 물었다.

"쌍둥이라면 필연적으로 약간의 연기력을 갖추게 되는 게 아닐까요? 한 번쯤 서로의 흉내를 내지 않는 쌍둥이는 없을 테니까요."

21

"그럴 수도 있지만, 은호 씨는 아니었다고 하면
…… 동의하지 않으려나요."

판에 박은 듯한 생김새와 다르게 두 사람의 성격
은 달랐고, 은호의 연인이었던 만큼 기진은 당시 두
사람을 더욱 분명히 구분할 수 있었다. 이음 센터에
서 처음 만났을 때 은호의 얼굴에 깊이 녹아 있던
불안 역시 여전히 기억했다.

말하자면 성정 면에서 공은호는 '좀 더 뻔뻔하게
살아도 좋을' 권기진과 닮았다고 해야 했다.

# 2

## 재생인, 공나호

"재생인의 원본명을 말씀해주십시오."

"공나호."

"재생인의 성별 유무 여부, 재생 시점 연령은요?"

"여성, 스물일곱…… 아니, 27.4세."

"재생 의뢰인 당사자의 이름과 관계를 확인해주십시오."

"공은호. 자매."

"여기 생체 정보를 입력해주세요. 지문, 홍채 포함한 안면인식, 음성 순서입니다."

은호는 기계적으로 대답을 이어가다가 재활 지도

사가 태블릿을 내밀자 '또요?'라며 한숨을 뱉었다. 권기진이라는 이름의 명찰을 단 재활 지도사는 은호의 입장도 이해한다는 듯이 말했다.

"통상 절차입니다."

"오늘 벌써 네 번째잖아요. 지금 여기 도착하기 전까지 문 하나를 지날 때마다요."

은호가 현재 서 있는 장소는 인간 하나를 거뜬히 복제해내는 연구소였다. 그런 기술을 가진 곳이라면 방문객을 연이어 귀찮게 하는 것보다는 나은 방법을 알고 있지 않으냐고 묻고 싶을 정도였다.

"그만큼 중대한 승인이고 만남이라는 의미입니다. 참고로 이번이 마지막 문이니 한 차례만 더 부탁드리겠습니다."

이런 과정을 언제나 거쳐 온 담당자 특유의 정중함으로 기진이 다시 부탁했다.

태블릿을 받아든 은호는 중앙에 반짝이고 있는 시작 버튼을 눌렀다. 기기에서 흘러나오는 안내 멘트를 따라 주어진 문장을 낭독하는 음성 녹음까지 마치자 기진은 고맙다고 인사했다. 은호가 오늘 이음 연구소에 들어와 만난 직원 중에서는 처음 그 말을 해준 사람이었다.

"이제 연구소를 떠나 이음 센터로 갑니다. 편의상 간단히 센터라고 부르는 곳이고, 바로 공나호 씨를 만나러 가겠습니다."

'마지막 문'을 열며 기진이 앞장섰다. 막상 더 이상의 관문이 없다고 하자 선뜻 발이 떨어지지 않아 은호는 잠시 머뭇거리다 기진의 뒤를 따랐다.

인공조명으로 밝혀진 삭막한 색채의 짧은 복도를 지나자 곧 옆 건물로 넘어갈 수 있는 구름다리가 나타났다. 지금까지 지나쳐온 연구소 실내와는 전혀 다른 풍경이 눈앞에 펼쳐졌다.

통유리 외벽이라 해가 잘 드는 구조이기도 했지만, 분위기 자체가 덜 경직된 느낌이었다. 흰 가운이나 청색 유니폼을 입은 연구소 직원보다 일상복 차림의 다양한 연령대의 사람들 비중이 더 커져서인 것 같았다.

재생인 공나호의 재활 지도사라고 자신을 소개한 권기진도 명찰만 패용했을 뿐 옷차림은 일상복이었다. 똑같은 이음 산하의 기관이라고 해도 기진은 저쪽 건물보다는 이쪽에 더 어울리는 사람이라고 은호가 생각할 무렵, 열 살 정도의 아이 둘이 우다다 뛰어와 인사하며 두 사람 곁을 지나쳐갔다.

아이들은 기진을 '선생님'이라고 불렀다. 그러고 보니 이쪽 건물은 학교라고 해도 충분히 어울릴 만한 공간이었다. 마침 안내 방송이 흘러나왔다.

*어서 오십시오. 이음 센터에 오신 것을 환영합니다.*

이음은 국내에서 다섯 손가락 안에 꼽히는 휴먼 클론 연구소다. 모든 휴먼 클론 연구소와 마찬가지로 이음 연구소 역시 고인의 '재생권'을 다룬다.

생존자 복제는 위법이지만 생전에 재생권을 자발적으로 거부해두었거나, 자살로 생을 마감한 경우를 제외하면, 유족은 윤리위원회의 승인을 받아 고인의 복제를 의뢰할 권리가 있다. 그 일련의 과정을 재생권이라 부르고, 그렇게 다시 태어난 존재가 '재생인'이다.

물론 까다로운 절차가 따르고 비용도 만만치 않다. 여섯 달의 재활 과정을 마친 후 공동체에 섞여들었을 때, 일생인과의 차별 또한 여전히 해결해야 할 과제로 남아 있다.

그것을 모두 감수하고 은호는 사고로 세상을 등

졌던 쌍둥이 언니 나호의 재생을 의뢰했다. 그리고 지금, 재생인으로 다시 태어난 언니를 처음으로 대면하러 가는 중이었다.

"공나호 씨는 5층에 계세요."

은호를 엘리베이터로 인도하며 기진은 5층 버튼을 눌렀다. 그러자 고장이 아닐까 싶을 정도로 아주 느리고 묵직한 당김이 느껴졌다. 은호를 등진 채 문 쪽을 향해 선 기진이 설명했다.

"이 엘리베이터는 연구동보다 5배속 느리게 운행됩니다. 재생 활동 초기에 일반적인 속도는 재생인에겐 부담이 되거든요."

"네."

원하는 목적지에 제대로 도달한다면 엘리베이터 속도야 아무래도 상관없었다. 그저 잘 모르는 사람과 고립된 공간에 함께하는 시간이 길어진다는 것만이 어색할 따름이었다.

느리게 상승하는 엘리베이터가 3층을 지나칠 때였다. 이 엘리베이터 문은 거울처럼 내부를 그대로 반사하는 광택 있는 재질이었는데, 그 안에서 은호와 기진의 시선이 얽혔다. 정확하게는 기진이 먼저 은호를 관찰했고 은호가 조금 늦게 알아차린 것이었다.

노출된 장소에서 작가인 자신을 알아보는 사람들을 종종 마주치는 까닭에 은호는 크게 개의치 않았으나 기진은 곧장 시선을 피하며 사과했다.

"죄송합니다. 조금 신기해서 저도 모르게."

그리고 난처한 얼굴로 나름대로의 변명을 이었다.

"실은 재생인과 동일한 생김새의 의뢰인을 만나는 건 처음이라, 무의식적으로 얼마나 닮았는지 확인하고 말았습니다. 불쾌하셨다면 사과드립니다."

"쌍둥이는 늘 관찰당하죠. 익숙해요."

은호는 대수롭지 않게 말했다. 그러나 엘리베이터가 4층을 지나쳐갈 무렵 쌍둥이에 대한 일반적인 호기심과 지금의 경우에는 차이가 있음을 은호는 깨달았다.

재생인은 고인의 유전자를 복제하여 되살려낸 존재다. 즉 사망한 원본인, 그리고 그와 똑같이 생긴 재생인을 나란히 세워놓고 동시에 바라볼 기회는 존재하지 않는다.

이 연구소에서 일란성 쌍둥이 중 한 사람이 고인이 된 다른 한 사람을 복제 의뢰한 사례는 은호가 처음이라고 했다. 아마 연구소 관계자들에게는 이 경우가 마치 원본인과 재생인을 나란히 두고 바라보는 느낌일 것 같았고 그 순간 은호는 엘리베이터 문에 반사된 제 모습이 생경하게 느껴졌다.

태어난 이후 25년간 나호는 언제나 은호와 함께였다. 성격은 달라도 겉모양만큼은 서로가 서로에게 살아 움직이는 거울이었다. 나호가 사망한 후에는 거울 속 대칭의 자신에게서 나호의 그림자를 추억해야 했다.

5층에서 엘리베이터 문이 열렸다. 제 모습의 반사가 사라지며 낯선 복도가 나타나자 은호의 심장이 빠르게 뛰기 시작했다.

"5층은 모두 교실입니다. 공나호 씨는 C교실에 계세요."

거울 속 대칭이 아닌, 자기만의 시선과 목소리와 체온을 가진 나호를 곧 마주해야 한다는 뜻이었다.

"잠깐만요."

앞장선 기진의 뒤를 따르다 은호는 걸음을 멈췄다. 기대인지 두려움인지 스스로도 정의하기 어려운 긴장이 삽시간에 밀려온 까닭이었다. 어쩌면 두려움

쪽이 약간 더 큰지도 몰랐다. 최근 재생인을 둘러싼 한 사건 때문이었다.

지난주, 4년 차 재생인이 발작을 일으켜 일가족을 살해한 후 현재 입원 중인 사건이 보도되었다. 재생인의 신경망 오류 발작은 0.001퍼센트 확률의 부작용으로 재생인이 돌연 폭력성을 나타내는 증상이다.

그렇게 타인 또는 자신을 해하는 일이 드물게 발생하는데, 지난 한 세기 누적된 보고에 따르면 재생인 신경망 오류의 98퍼센트는 재생 후 10년 이내에 발생한다. 따라서 재생인과 그 보호자는 응급 사태에 대비한 진정 주사제를 각각 상시 소지할 의무가 있고, 발작 시에는 자신 또는 보호자가 즉시 약물을 주사한 후 출신 센터에서 재조율 기간을 거치게 되어 있다.

주사제는 오남용 방지를 위해 투약이 예정된 재생인의 이름과 투약 회차가 라벨링되어 처방된다. 그러나 99.999퍼센트 사용되지 않으므로 유효기간이 경과하면 재처방받기를 반복하는 것이 일반적이었다.

나호의 보호자인 은호 역시 해당 내용을 교육받았다. 재생인 부작용의 확률은 상해 사고나 심지어 강력범죄의 확률보다도 현저히 낮으며, 만일 발작이 일어난다 해도 그중 85퍼센트는 약물 진정으로 재조율에 성공한다는 내용 또한 알았다.

그러나 미처 손쓰기도 전에 돌이킬 수 없는 방향으로 치달을 확률 또한 분명히 존재했다. 바로 지난주의 사건이 그랬다.

모든 망설임의 순간을 다 이해하는 듯, 가만히 기다려주던 기진이 말했다.

"긴장되실 거예요. 단순하게 생각하면 죽었던 존재를 다시 만난다는 사실만으로도 안 그럴 도리가 없으니까요. 그게 영혼을 부른다는 강령술이든 육체와 의식을 다시 빚어낸 복제 기술이든 뭐든요. 아니, 꼭 죽음이라는 거대한 관문까지 안 거쳐도 누군가를 지나치게 오랜만에 만난다면 당연히 그렇지 않겠어요?"

"……그렇죠."

틀린 말은 없었다.

"정말로 옳은 선택을 한 것인지 여전히 혼란스러

우실 수도 있고요."

기진은 허리춤에 매달려 있는 작고 기다란 케이스를 톡톡 두들겼다. 센터 직원을 위한 주사제인 모양이었다. 아까 연구소의 두 번째 문을 통과할 때 은호도 보호자용으로 약물 일체형 주사기를 하나 받았다.

"그렇지만 제가 이걸 쓸 일은, 적어도 여기서 한 번도 없었다는 것도 참고해주세요."

"저 같은 의뢰인이 많은가 보네요."

그제야 비로소 천천히 걸음을 옮기며 은호가 말했다. 보폭을 맞추며 기진이 웃었다. 그렇다는 것인지 아니라는 것인지 구분할 수 없는 웃음이었지만, 기진 덕분에 은호의 긴장이 훨씬 누그러진 것만은 사실이었다. 괜히 '선생님'은 아닌 모양이었다.

"방학이 끝나고 교실에서 다시 만난 친구라고 생각하시면, 조금은 편안한 재회가 될 거예요."

복도를 따라 교실이 이어졌다. 강의형 수업을 듣는 모습도 모둠을 지어 무언가를 만들거나 토론하는 모습도 보였다.

"그러게요. 여긴 재생인을 위한 학교 같아요."

"음, 센터가 교육 기관에 속하지는 않지만, 형태만 보면 그런 셈이긴 하죠."

각 교실에 '학생'은 서너 명으로 연령대는 십 대에서 노인까지 다양했다. 재생인은 모두 사회로 나가기 전 센터에서 6개월간의 기본 조율을 의무적으로 거쳐야 한다.

각 교실의 분위기는 편안하고 자유로워 보였다. 아직 나호의 모습은 보이지 않았는데 C교실은 복도의 가장 안쪽이었기 때문이다.

"오후 수업은 다 마친 뒤라 이야기 나누실 시간은 충분할 겁니다. 들어가보세요."

드디어 도착한 C교실 앞에서 기진이 말했다. 은호는 약간 당황했다. 당연히 그가 나호를 바깥으로 불러내줄 거라 생각했다.

"……지금 여기서요?"

교실까지 온 것은 재생인이 생활하는 환경을 의뢰인에게 소개하기 위해서이고, 재생 후 첫 대면은 이보다 분위기가 갖춰진 장소에서 진행될 줄 알았다.

연구소부터 센터까지 관련 담당자와 부서 하나를 통과할 때마다 그렇게 까다롭게 굴었으니, 나호와의 만남도 몇 명의 관계자가 동석한 무균실 같은 방에서 일정한 거리를 두고 이루어질 거라 예상했다.

"네, 지금은 자유 시간이에요."

"선생님도…… 같이 들어가시나요?"

"아뇨."

조금 무심할 정도로 기진은 간단하게 대꾸했다.

"그러니까…… 언니는 저를 기억하는 상태인 거죠?"

엘리베이터로 올라오는 동안 넘쳐나던 시간을 낭비한 스스로를 나무라면서 은호는 다급히 기진에게 물었다. 물론 재생인이 어떤 상태로 완성되고 깨어나는지는 의뢰 시점에 충분한 안내를 받았고 거기에 동의도 했지만, 거짓말처럼 단 하나도 기억나지 않았다.

"그럼요. 고인의 생체 정보, 인지 정보는 편집 없이 그대로 복원됩니다."

재생의 윤리 원칙 가운데 하나다. 인간 복제는 '원본인의 고유성을 배제하는 기능 향상'을 목적으로 할 수 없다.

개인의 박탈된 생존권과 그가 소속한 공동체에 관계권을 한 차례 더 제공하는 것이 재생권의 핵심이다. 따라서 신체적이든 정신적이든 의뢰인의 판단에 따른 약점인 요소는 제거하거나 이점인 요소는 극대화할 수 없다. 예를 들면 이왕 재생하는 김에 특정 만성 질환은 제거해달라거나, 어느 기억은 삭제해달라거나, 신체 특정 부위의 근력을 강화해달라거나 요구할 수 없는 것이다.

만일 사망의 원인이 중증 질환이었던 경우라면 재생권은 처음부터 성립하지 않는다. 노환을 포함하여 심각한 병을 오래 앓다 생을 마감하는 경우 역시 자발적 재생거부, 또는 자살과 동일하게 고인의 사망권을 우선한다.

재생권에는 그 밖에도 세세하고 까다로운 승인 기준이 있으나, 결과적으로 보자면 예상치 못한 사고사를 당한 60세 이하가 재생인의 대부분을 차지한다. 관련 연구소와 기업은 이 규제를 완화하기 위한 로비에 최선을 다하고 있다. 그러나 현재 단계에서는 악용의 우려가 더 크다는 이유로 연방에서는 여러 제한 사항을 유지하고 있다. 휴먼 클론 규제는 인공지능 규제와 함께 연방이 한 세기에 걸쳐 가장 엄격히 관리하는 영역이었다.

즉 현재 C교실에 있는 공나호는, 비록 1년 5개월

이라는 공백은 있지만 그 전과 차이가 없는 공나호라는 뜻이다.

"어수선하게 느끼실 수도 있지만 오히려 이편이 더 괜찮으실 거예요. 의뢰인에게도 재생인에게도요. 밀실 일대일 첫 만남의 어색한 침묵을 적지 않게 봐 왔거든요."

기진이 교실의 문을 열어주었다.

"공나호 씨는 아주 안정적이니 안심하세요. 지금은 겨우 1주차를 넘긴 시점이라 신체적 인지적 반응이 느린 상태지만 그건 6개월 사이에 차차 조율되니까요. 그동안 방학이었다는 것만 기억하시면 됩니다. 저를 믿으세요."

오늘 난생처음 보는 사람이 건네는 '저를 믿으세요'라는 말에 의지하는 것 외에 다른 방법은 없는 순간이었다. 은호는 교실 안으로 발을 디뎠다.

모두 세 사람이 있었다. 이십 대 초반의 안경을 쓴 여자 재생인 한 명은 공용 주크박스에서 음악을 고르는 중이었고, 중년의 남자 재생인은 에어 페이퍼를 보면서 그 내용을 작게 소리 내 읽는 중이었다. 은호는 들어본 적 없는 외국어였다.

그리고 나호였다. 은호의 숨이 잠시 멎었다.

　1년 5개월 만에 마주하는 쌍둥이 자매는 볕이 잘 드는 창가 자리에서 색지를 접는 중이었다. 종이가 사치품인 요즘, 당연히 실물 종이는 아닌 종이접기용 탄성지였다.

　탄성지가 나호의 손 안에서 점점 새의 모양을 갖추어갔다. 그리고 그 새를 빚어가는 쌍둥이 자매의 모습은 이미 온전했다. 나호는 재생 후에 사용해달라고 은호가 미리 보내놓은 옷 중 하나를 입고 있었다.

　1년 5개월의 공백이 아주 비현실적으로 느껴졌다. 이음 연구소는 계약대로 공나호를 돌이켜 냈다.

　여자 재생인이 드디어 한 곡을 골랐는지 교실에 음악이 작게 퍼졌다. 가사 없는 감미로운 피아노 선율의 고전음악이었다. 그 음악을 출발 신호 삼아 은호는 나호 가까이 다가갔다.

　"오랜만이야. 언니."

　책상 앞에서 다가서자 몇 초가 지나서야 나호가 고개를 들었다. 그리고 또다시 몇 초가 흐른 후 어색한 미소를 지으며 말했다.

　"어서 와."

마치 먼 곳에서 도달해 온 소리가 시차를 두고 들려오는 것 같았다. 그리고 농담을 좋아하던 나호 치고는 딱딱한 인사였다. 아직 전혀 실감이 나지 않는 은호는 약간의 괴리감을 느끼며 조심스럽게 나호의 앞에 마주 앉았다.

나호는 완성된 새를 잠시 관찰하더니 곧장 풀어 헤쳤다. 탄성지는 밋밋하고 편평한 사각형으로 다시 돌아갔다.

"순서에 따라 접기를 반복하는 게 도움이 된대. 기억이나 행위의 배치에."

무슨 말부터 시작해야 할지 아직 갈피를 못 잡고 있는 은호에게 나호가 먼저 이야기를 꺼냈다. 종이 접기와 더불어 하루 일정으로 정해져 있는 연극, 읽기, 체육 등의 프로그램을 느릿하게 설명하면서, 마치 어렸을 때 학교생활로 돌아간 것 같다고 투덜거렸다.

지겹다고 해도 좋을 만큼 낯익은 나호의 살짝 찡그린 모습을 보고서야, 은호는 비로소 마음이 놓였다. 눈앞의 존재는 사랑하는 언니이자 동경했던 작가인 공나호가 분명했다. 이제야 실감이 조금씩 번

져갔다.

"언제 깨어났어? 기분은 어때?"

목소리가 조금 떨렸다.

"9일째래. 기분은. 음……."

나호는 적당한 답을 이 교실 안에서 찾기라도 할 것처럼 이리저리 시선을 옮기다 포기하듯 말했다.

"글쎄, 모르겠다."

그 말에 은호는 작게 웃었다. 소설 작업이 잘 풀리지 않을 때 나호의 입버릇이었기 때문이다. 그러나 예전의 나호는 그 말을 뱉은 뒤 얼마 후에는 어떻게든 길을 찾아내곤 했다. 그럴 때 은호는 언니가 타고난 이야기꾼이라고 인정하지 않을 수 없었고 때로는 질투가 날 정도로 부러워하기도 했다.

나호가 미심쩍다는 얼굴로 물었다.

"우리가 1년 5개월 만에 보는 거, 맞지?"

"응."

재생인은 자신이 재생인이라는 사실을, 즉 한 번은 죽었음을 알고 있다. 사망 사유도 재생 의뢰의 과정도 재생인에게 센터에서 정확히 고지하도록 규정되어 있다.

"사실 나는 어색해. 은호 널 보는 게."

"나도 그래."

"……아니, 너랑은 좀 다를 거야."

나호의 이유는 1년 5개월이라는 공백이 가져온 데면데면함이 아니라 사망 직전의 기억 때문이었다. 사고가 일어났던 날 아침 쌍둥이는 크게 다퉜다. 나호에게는 그 기억이 바로 어제 같은 것이었다.

여전히 느릿한 속도로 나호가 말했다.

"미안하다고 해야 할 거 같은데, 1년 반 만에 받는 사과라니 너한테는 늦었을 테니까."

"난 정작 왜 싸웠는지도 잊어버렸는걸."

"아마 내가 이제 소설은 그만 쓰고 싶다고 했었지."

은호도 정말로 잊어버린 것은 아니었지만 나호 역시 정확히 기억하고 있었다. 당시 은호는 그렇게 무책임한 말이 어디 있느냐고 소리쳤고, 나호 또한 화를 내며 눈보라 치는 바깥으로 나간 뒤 돌아오지 않았다.

그날 그만 쓰겠다던 나호의 선언을 은호는 당연히 진심으로 받아들이지 않았다. 그건 나호 방식의 화풀이였을 뿐이었다. 공나호가 세상 무엇보다도 소설 쓰기를 사랑한다는 사실은 그 곁에서 평생을 지켜봐 온 공은호가 가장 잘 알았다. 그래서 그렇게 허망하게 떠난 나호를 그리며 매일 자책하지 않을 수 없었다.

"아무튼 눈을 떠보니 겨울이 아닌 여름이고, 나는 웬 이상한 워크숍에 와 있는 거야. 사실 처음엔 원고 안 하고 달아나겠다고 해서 벌이라도 받는 꿈인 줄 알았어."

그 말에 씁쓸한 마음과는 별개로 은호는 웃음이 났다. 농담을 좋아하던 나호가 이제 어렴풋이 보였다.

"그런데 더 말도 안 되는 사건이잖아. 재생이라니."

"6개월간은 조율이 필요하대. 집으로 돌아가서도 그만큼은 더 안정해야 하고."

"그다음에는 《피아니시시모》 원고를 시작하고 말이지."

마치 세상에서 가장 따분한 소설이라도 읽었다는 얼굴로 나호가 중얼거렸다.

"언젠가는."

유일한 가족만큼이나 하나뿐인 동료를 기다린 것도 사실이었다. 미완성으로 남아 있는 《피아니시시모》를 끝내려면 당연히 나호가 필요했다.

나호는 잠시 무언가 골똘히 생각하다가 입을 열었다.

"음…… 내 기억이 잘못된 게 아니라면, 인쇄술이 없던 고대에는 책 한 권의 사본을 얻기 위해서 긴 시간과 막대한 비용에 솜씨 좋은 필경사까지 필요했다고 역사 시간에 배웠는데…… 맞아?"

"아마도. 쉽지 않은 작업이었다고 하지."

지금의 종이책이 오직 주문 제작만 가능한 사치품이라는 것은, 아주 먼 과거의 상황과 어쩌면 그리 다르지 않았다. 종이 위에 마음껏 정보를 복제할 수 있는 낭비의 시대는 이미 오래전 끝났다. 인류는 최소한의 품위 유지가 가능한 공동체 존속을 위해, 더 늦기 전 자발적 규제를 선택할 수밖에 없었다.

약 반세기 전, 인공지능 규제가 강화되며 오직 사람에 의한 창작물만 정품으로 승인하는 '휴먼 메이드'법이 제정된 것도 사실은 동일한 이해관계에 속했다. 막대한 전력 소모를 필요로 하는 인공지능 시스템은 현재 생존과 직결하는 산업에서만 지극히 제한적으로 사용되도록 바뀌었다.

그 흐름에 맞물려 긴 침체에 빠져 있던 예술 분야는 부흥에 접어들었고, 작가의 삶을 선택한 쌍둥이도 그 아이러니한 과도기의 수혜자라 할 수 있었다.

　"내가 꼭 그 사본이 된 것 같아. 아니…… 소실된 책의 복원본이라고 해야 더 정확할까. 책은 자기 기분 같은 거 모르겠지만 말이야."

　"나에게 언니는 언제나 살아 있는 이야기책이었어."

　은호는 새삼스럽지 않다는 듯이 대꾸했고 나호도 후후 웃으며 굳이 부정하지는 않았다.

　"그래 맞아. 이야기를 만드는 건 괴로우면서도 즐거운 일이니까. 그렇지만…… 정말 괜찮겠어?"

　나호의 그 물음에 두 사람 사이에는 다시 시차가 벌어진 통신처럼 침묵이 끼어들었다. 은호는 그게 무슨 뜻이냐는 눈으로 나호를 바라보았다.

　"이 워크숍 여러모로 유익하지만, 만약의 확률까지 제거해주는 건 아니잖아."

　부작용 이야기였다. 그러나 그 확률을 논하는 나호의 모습에 아까의 은호와 같은 불안감은 보이지 않았다. 그저 느릿한 목소리에 어울릴 만한 피로가 깃든 표정이었을 뿐이다.

나호는 졸린 것 같았다. 재생인은 탄생 후 6개월
은 하루 16시간 이상 수면해야 한다는 재활 규칙을
은호는 자연스레 떠올렸다. 이제야 기진이 설명했던
것들과 앞서 받았던 의뢰인 교육 내용이 제 안에서
생명력을 띠고 움직이는 것 같았다.

"그야말로 미미한 확률이야. 심지어 언니가 당한
사고의 확률보다 더 낮은. 그래서 이 재생도 무리 없
이 승인됐고."

그때 주크박스에서 음악을 고르던 재생인이 이쪽
으로 다가왔다. 나호는 피로한 기색을 잠시 거두며
그 재생인을 반갑게 맞은 뒤 은호를 소개했다.

"내가 이야기했던 동생이야. 얼굴만 봐도 벌써 알
겠지만."

재생인 여자는 엷은 미소만 머금은 채 은호에게
묵례했다. 그리고 나호가 대신 그를 소개했다. 이름
은 손지원. 원본인 기준으로 음악 대학교 학생이었
다. 신중함과 냉랭함이 적절히 섞인 인상이었다.

"정말 똑같이 생겼지?"

나호가 묻자 지원은 주머니에서 탄성지와 같은
소재의 태블릿을 꺼내 전용 펜으로 글자를 적어 내

려가기 시작했다. 그사이 지원의 소통방식은 음성언어가 아닌 필담이라고 나호가 알려주었다. 태블릿에는 인쇄된 악보를 떠올리게 하는 가지런한 필체로 이렇게 쓰여 있었다.

*그렇긴 해도 결국 달라. 나는 구분할 수 있어.*

아름다운 필체에는 감탄했지만, 은호는 속으로 고개를 저었다.

지금이야 서로 다른 옷을 입고 머리 모양도 다르니 쉽게 단언해도, 이대로 쌍둥이가 함께 교실을 비웠다가 똑같은 차림새로 나타난다면 과연 같은 말을 할 수 있을까. 은호는 부정적이었다.

그렇지만 지원이 내세운 자신감의 이유는 알 것 같았다. 지금 지원은 나호에게 호감을 가진 상태고 매력적으로 보이고 싶은 게 분명했다. 나호에게 시선이 향할 때는 은호를 볼 때와 다르게 그 특유의 냉랭함이 희미해졌으니 합리적인 추측이었다.

두 사람은 비슷한 연령대에 같은 재생인으로 통할 구석이 많아 보였다. 은호는 어쩐지 우선순위를 빼앗겼다는 섭섭한 기분이 드는 것과 별개로, 생후 9일 차에 이미 제 편을 만들어둔 나호가 대단하게 느껴졌다. 이미 충분한 존재감이었다.

덕분에 확신했다. 나호를 돌아오게 한 자신의 선택은 틀리지 않았음을.

이내 졸음을 견딜 수 없어 하는 나호를 은호는 직접 개인 방으로 데려다주고서 다음 만남 일정에 다시 오겠노라고 약속했다.

기진은 센터를 떠나는 은호를 입구까지 배웅하면서 제 말이 맞았죠? 라는 듯 부드럽게 미소 지어 보였다.

# 3

## 두 번째 공존

　이음 센터에서 6개월의 조율이 끝나고 나호는 집으로 돌아왔다.

　장례식을 치른 후 특별히 처분한 것도 더한 것도 없어서 나호의 방은 2년 전 그대로였다. 은호가 이따금 먼지가 쌓이지 않을 정도의 간단한 청소만 했을 뿐이었다. 책상 위에 늘어놓은 물건들조차 원래 놓여 있던 위치 그대로였다.

　나호는 방문을 열자마자 마치 하룻밤 외박하고 돌아온 사람처럼 저항감 없이 제 침대에 푹 파묻혀 잠들었다. 이제 나호는 말과 움직임에 원래의 속도를 찾았고 센터 바깥의 엘리베이터와 교통수단의 속도에도 이질감을 느끼지 않았지만, 긴 수면 시간만은 여전히 유지하는 중이었다.

나호가 잠들고 얼마 후 은호는 기진의 전화를 받았다.

"나호 씨는 어때요?"

"도착하자마자 짐만 내려놓고는 잠들었어요."

"좋은 신호네요. 쉽게 잠든다는 건."

나긋한 목소리로 기진이 말했다.

첫 만남 이후 은호는 매주 한 번 센터에 방문해 나호를 만났고, 갈 때마다 마주하게 된 기진과도 천천히 가까워졌다. 처음엔 그저 업무적인 친절함과 인내심이 각별하다고만 여겼으나, 알아갈수록 그는 더 편안한 사람이었다. 사려 깊은 성정 또한 은호의 마음을 천천히 잡아당겼다.

나호의 조율이 3개월째 접어들 무렵, 자주 가는 멋진 식당이 있다며 언제 함께 가지 않겠느냐고 기진이 먼저 연락처를 건네 왔을 때 은호에겐 거절할 이유가 없었다. 오히려 기뻤다.

주로 집 안에 틀어박혀 읽거나 쓰는 일로 대부분

의 시간을 보내는 은호에게는 아주 오랜만에 찾아온 소설 바깥의 인연이었다. 더불어 이제 재생인을 가족으로 둔 입장으로 그의 존재는 알게 모르게 의지가 됐다.

은호는 거실 테이블에 비스듬히 기대며 닫혀 있는 나호의 방문을 바라보았다.

지난 2년 내내 혼자였다가 동거인을 되찾은 은호는 오히려 이 순간 자신이 손님인 것처럼 어색했다. 반대로 이 집에서의 첫날을 보내는 재생인 나호의 적응은 순조로워 보이기만 했다. '죽었다'는 사실의 표현조차 이제는 비현실적이었다. 부작용에 대한 지나친 걱정 역시 내려놓은 지 오래였다.

"그렇다면 센터가 일을 아주 잘한 모양이네요. 아니면 제가."

일부러 으스대는 척 연기하는 기진의 말에 은호는 웃었다.

"독자들도 이제 '공존'의 신작을 슬슬 기대할 수 있을 테고요."

"그러게요. 시작해야겠죠."

은호는 제게 다짐하듯 대꾸했다.

기진의 말대로 2년 전 중단된 연재는 지금 당장은 아니더라도 다시 이어가야 했다. 다음 달에는 그와 관련한 인터뷰도 잡혀 있었다.

　대중에게 존재감이 알려져 있던 사람의 재생에는 당연히 주목이 따른다. 재생인 중 예술가나 학자, 운동선수의 비율이 꾸준하게 유지되는 까닭은, 그 재능을 되살려서라도 보고 싶은 대중의 욕망도 끊어지지 않기 때문일 것이다.

　나호가 재생인으로 돌아왔다는 사실을 모두 아는 이상 소설도 다시 쓰일 거라는 기대는 당연했다.

　"아, 은호 씨가 괜찮다면 토요일에 나호 씨도 함께 나오면 어때요?"

　이번 주말 은호와 기진은 그 멋진 식당에서 저녁을 먹을 예정이었다. 퓨전 음식점으로 여러 연방의 개성을 섞은 다양한 요리를 선보이는 곳이었는데, 두 번 방문하면서 맛본 모든 메뉴가 만족스러웠다.

　그러고 보니 나호에게는 이번 토요일이 센터 밖에서의 첫 주말이었다. 둘만의 시간은 포기해야겠지만 연인이기 전에 전문가가 먼저 내민 도움의 손길을 은호는 굳이 뿌리치지 않기로 했다.

"그럴까요. 언니한테 물어볼게요."

이른 저녁 잠에서 깬 나호는 욕조 가득 물을 받아 좋아하던 입욕제를 풀고 몸을 담갔다. 배스가운을 가져다주려 은호가 들어가자 은은한 인공 향이 욕실에 감돌고 있었다.

'공존'의 이름으로 발표한 첫 소설이 예기치 않게 베스트셀러가 되면서 둘은 한 방을 나눠 쓰던 공공주택을 떠나 각방을 갖춘 아파트로 이사했다. 주민 전용 인공 녹지 산책로가 마음에 들었고, 집 안에서는 화장실과 분리된 아늑한 욕실이 쌍둥이가 가장 좋아하는 장소였다.

"여기 들어와 있으니까 이제야 진짜 집에 온 것 같아."

커튼 뒤에서 나호의 목소리가 들렸다. 은호는 가운을 걸쳐둔 의자에 잠시 앉았다. 예전에도 이렇게 한 사람이 목욕 중일 때 커튼을 사이에 두고 대화를 하곤 했다.

"나, 사실 우리 소설 다시 전부 읽었어."

"그래?"

"지금 내 입장에 '다시'라는 표현이 맞는지는 의심스럽지만."

소설에 관련해서 은호는 최소한 다음 주에나 천천히 의논할 예정이었다. 이제 막 센터를 떠난 나호에게 이르게 부담을 주고 싶지는 않아서였는데 나호가 먼저 말을 꺼낸 것은 다소 의외였다.

진심이 아니었다 해도 더는 쓰고 싶지 않다던 나호의 선언은 당시 유언이 되었다. 그 사실 자체로 은호에게 《피아니시시모》는 무거운 부담이었다.

"《퍼플 드림》, 《먼 곳에서 지다》, 《우리가 우리에게》 그리고 《피아니시시모》 연재된 분량까지."

나호는 제목을 일일이 꼽으며 센터에서 보낸 마지막 주에 걸쳐 데이터 룸에서 전부 읽었다고 했다. 다음 달 잡힌 인터뷰를 위한 사전 준비를 벌써 시작해 둔 셈이었다.

이미 지겹도록 쓰고 고친 이야기라 큰 감흥이 없었을지, 아니면 재생인의 눈으로 읽는 소설은 뭔가 달랐을지 은호는 궁금했다. 그러나 먼저 질문을 던진 사람은 나호였다.

"왜 혼자 이어가지 않았어? 《피아니시시모》 말이야."

그리고 커튼을 살짝 걷었다. 희미하게 떠도는 수증기 너머에서 나호는 은호를 바라보며 대답을 기다렸다.

"해봤어."

은호는 솔직하게 대꾸했다.

"에이전시에서는 조금 늦어져도 괜찮으니까 나 혼자서라도 나머지를 완성해달라고 했어. 전체 분량에서 이미 80퍼센트까지는 왔고, 글로 남겨두지는 않았지만 언니와 지금까지 나눈 이야기도 있을 테니 그 나머지는 나 혼자서도 충분히 할 수 있지 않느냐면서."

그러나 그 계획은 에이전시의 희망 사항일 뿐이었다.

"시작하기는 했어. 한 문장, 한 문단, 한 페이지씩. 일단 내 순서에서 중단됐으니까 미발행분을 퇴고하는 작업까지는 어떻게든 했어. 하지만 언니 순서인 다음 챕터부터는…… 말 안 해도 알 거라고 생각해."

나호가 남겨놓은 몇 줄 되지 않는 메모를 찾아 그야말로 꾸역꾸역 형태만 갖춰보았다.

"완고를 보고 에이전시도 출판사 담당자도 괜찮

다고 했어. 사정이 사정이니만큼 독자도 이해할 거라고. 영 흐름을 깨는 내용만 아니면 괜찮으니 완결이 나오는 데 의미를 두자고."

"상식적인 타협인데."

"그랬을지도."

"그런데?"

"두 사람 표정에 이미 괜찮지 않다고 쓰여 있었는걸. 괜찮지 않다는 걸 가장 잘 아는 사람은 다름 아닌 나였고. 내가 쓴 언니의 분량은…… 그건 '진짜'가 아니었어. 모조품 흉내도 못 낼 그야말로 엉성한 매듭이었지."

은호는 그때 담당자에게 솔직히 털어놓았던 고백을 나호에게도 그대로 전했다. 가만히 듣던 나호는 오목하게 모은 손으로 물을 떠 어깨에 뿌리며 말했다.

"난 죽었었잖아. 네가 말하는 진짜니 모조품이니 애초에 구분할 이유가 존재하지 않는 거야. 진짜라고 인정하고 싶지 않은 네 고집이라면 모를까."

"그래 맞아. 나는 내가 쓴 분량조차도 진짜인지 아닌지 구분 못 하던 바보였으니까."

"공은호."

어느덧 그날 싸움의 순간과 비슷한 공기가 되어 버렸다.

사실 2년 전, 더는 쓰고 싶지 않다는 선언을 먼저 한 사람은 은호였다.

마감을 앞두고 소설의 주인공 '넬드'의 감정선 하나가 도무지 풀리지 않았다. 이유는 알고 있었다. 소설의 중반을 지나며 넬드는 나호에게 더욱 친밀한 인물이 되어갔고 그만큼 은호에게서는 멀어진 까닭이었다.

실은 세 권의 책을 써오는 동안 소설 속의 많은 인물이 그랬다. 처음에는 긴 이야기를 공동으로 작업하다 보면 어쩔 수 없이 생기는 일이라고 생각했다. 마음이 식은 채로도 쓸 수 있다고 믿으며.

그러나 어느새 낯설게 되어버린 인물을 붙들고 직조해나가는 한 문장 한 문장은 은호에게 매번 아슬아슬하기만 했다. 그 과정을 이제는 그만 되풀이하고 싶었다.

은호는 심사숙고 끝에 《피아니시시모》를 마지막으로 '공존'에서 빠지고 싶다는 진심을 나호에게 밝혔다. 그간 몇 번이고 하려 했던 말을 드디어 털어놓은 순간이었다.

하나의 필명을 나누어 쓰면서도 은호는 과연 자신을 작가라고 부를 수 있는지 항상 의심했다. 어릴 때부터 쓰는 일을 순수하게 좋아하는 사람은 나호였고, 은호는 읽는 행위를 훨씬 더 사랑했다.

처음 은호는 나호에게서 다음 이야기를 이끌어내기 위한 의무감으로 함께 소설을 썼다. 나호가 쓴 소설의 최초 독자가 되기에 가장 좋은 방법이기도 했다. 그러나 이제는 독자로서도 작가로서도 기쁨은 오간 데 없었다. 제 소설이 읽을 가치가 있는 '진짜'인지 나호를 지지하기 위한 충전재인지도 구분하기 어려웠다. 그런 자괴가 찾아올 때마다 나호와 다투고 싶지도 않았다.

읽는 기쁨을 되찾고 싶었다. '공존'이라는 이름이 부여하는 의무감 아래 웅크려 사는 삶을 마무리 짓고 싶었다. 나호는 자신의 힘만으로도 충분히 그 이름을 지킬 수 있는 사람이었다.

나호는 농담하지 말라고 했다. 언쟁이 오가다 나호는 그럼 나도 이제 더는 쓰고 싶지 않으니《피아니시시모》는 미완으로 남겨두자고 에이전시에 이야기하겠다며 밖으로 나간 후 다시 돌아오지 않았다.

수증기로 물기가 어린 이마를 닦으며 은호가 나지막하게 말했다.

"언니의 이야기를 읽고 싶었어. 언니의 문장을 알고 싶었고. 《피아니시시모》의 속내를 더 깊이 아는 사람은 언니였으니까. 나도 잘 아는 척, 스스로 속이고 싶지 않았어."

나호는 은호의 이야기를 진지하게 들으면서도 그 말에 모두 동의는 못 한다는 듯 불만스럽게 중얼거렸다.

"겨우 그런 이유로 날 불러왔다면 좀 실망인데."

"참, 미리 부탁하는데 행여 나중에 인터뷰에서 '겨우 그런 이유' 같은 말은 하지 말아줘."

대꾸하지 않는 나호에게 은호는 자리에서 일어나며 말했다.

"난 《피아니시시모》를 끝내면 정말로 그만 쓸 거야. 그런데 언니는 아닐 거잖아."

나호는 그걸 네가 어떻게 확신하느냐는 눈으로 은호를 보았다.

"메모에 가득 쓰여 있는 차기작 시놉시스 봤어.

그걸 무척 쓰고 싶지 않았을까 생각했고. 그렇든 아니든 이제는 언니의 자유지만."

그리고 이렇게 덧붙였다.

"더 그럴듯한 이유가 필요하다면, 난《피아니시시모》와 제대로 작별하기 위해 언니를 불러온 거야."


"센터에서 두 사람 가깝게 지내긴 했어요."

테이블 위 메뉴를 닫으며 기진이 말했다. 두 사람이란 나호와 지원이었다.

나호는 토요일 저녁 지원과의 선약이 있다며 저녁 식사 초대를 거절했다. 은호는 나호의 가방 속 주사제를 한 번 더 확인하고 피로해지기 전 꼭 귀가해야 한다고 신신당부했다. 갓 사회에 복귀한 재생인 두 사람만 있도록 하다니, 보내면서도 마음이 편치는 않았다.

"연극 프로그램에서 항상 역할극 파트너였던 걸 보면, 서로 이야기가 잘 통하는 모양이에요."

"지원 씨는 음악을 한다고 들었는데, 악기인가요?"

"네, 첼로요. 언젠가 기회가 된다면 꼭 들어보세요."

어울리는 것 같기도 하고 아니기도 했다. 필담으

로 잠시 이야기를 나눈 것 정도로는 알아차릴 만한 개성이 거의 없었다.

"잘하나요?"

그렇게 물으면서도 사실 답은 정해져 있다는 것을 은호는 알았다. 포기하고 흘려보내기 아까운 재능의 소유자였으니 재생권을 얻은 것일 테다. 기진은 이렇게 감상을 전했다.

"어떤 형태든 언어라는 수단은…… 어쩌면 그리 중요하지 않을지도 모른다는 생각이 들었어요. 적어도 그 연주를 듣는 동안에는요."

소설에 그대로 넣어도 손색없을 표현을 내놓고서 기진은 주문을 하기 위해 손을 들었다. 자세히 말하지는 않았지만 기진은 센터에서 재활 지도사로 일하기 전 연극 쪽에도 잠시 있었다고 했다. 정확한 경력은 몰라도 어쩌면 창작자로서 자신보다 반짝이는 재능을 가졌을지 모른다고 은호는 종종 생각했다.

"그런데 두 사람, 많이 진지한 관계일까요?"

드디어 기진이 종업원과 눈맞춤에 성공했을 때 은호가 물었다.

"글쎄요. 무슨 일이라도 있었어요?"

"그런 건 아니지만······."

재생인은 관련법 상 의뢰인의 피보호자로 간주되고 일생인과 달리 몇 가지 제한이 있다. 누군가의 배우자 또는 보호자가 될 수 없음도 그중 하나다. 다소 앞서간 우려임을 알면서도 은호는 그 내용을 떠올리지 않기가 힘들었다.

비윤리적 통제라며 재생인에게도 일생인과 동등한 권리를 보장해야 한다는 주장도 일각에 존재한다. 그러나 0.001퍼센트의 부작용 우려를 포함해, 현재 기술과 행정의 한계로 예측 또는 통제할 수 없는 사고를 미연에 방지하자는 의견이 더 우세하다. 당연히 관련업에 종사하는 기진도 잘 알고 있는 내용이다. 기진의 표정이 필요 이상으로 진지해지자, 은호는 괜한 노파심은 그만 접어두기로 했다.

"이런 걱정은 조금 미뤄도 되는 거겠죠?"

"은호 씨."

기진이 무언가 말하려 할 때였다. 커다란 키에 긴 곱슬머리를 하나로 시원하게 묶은 종업원이 다가왔다. 두 사람이 올 때마다 시중을 들어주는 중년의 남자 웨이터였다.

이번에는 기진의 추천에 의지하지 않고 은호가 새로운 메뉴를 골라보았다. 웨이터는 주문한 와인을 먼저 가져와 잔을 채워주며 말했다.

"요리도 곧 준비하겠습니다. 그리고 두 분만의 시간에 잠시 실례지만……."

웨이터는 기진을 향해 '선생님?'이라고 불렀다. 즉시 테이블을 떠날 줄로만 알았던 그가 자신을 부르자 기진은 약간 놀란 얼굴로 올려다보았다. 웨이터는 약간 짓궂은 미소를 띠고 있었다.

"다름이 아니라 다음 이음의 밤에는 나오실지 궁금해서요. 지난번에도 권기진 선생님은 도대체 얼굴을 안 비춘다고 다들 얼마나 아우성이었는지."

무슨 이야기인지 알 수 없는 데다 사적인 대화 시도 역시 오늘이 처음이라 은호는 어안이 벙벙해져 두 사람을 번갈아 볼 뿐이었다.

"아아…… 네. 아마도요."

기진은 난처해 하면서도 싫은 기색은 아니었다.

"좋아요. 그렇게 알리고 초대 명단에 준비해둘게요. 그럼."

반대편에서 자신을 애타게 찾는 손님의 부름 속

으로 사라지는 웨이터를 보면서 은호가 물었다.

"음…… 우리가 지금껏 그냥 단골은 아니었던 것 같은데요, 기진 씨."

"사실 친구예요. 원래 바깥에서 알은체는 잘 안 해주는데. 은호 씨가 마음에 들었나 봐요."

오늘에야 처음 듣는 말이었다. 홀 안에 종업원은 항상 네댓 명이 있는데 매번 같은 웨이터가 주문받으러 오는 것이 어쩐지 신기하다고 생각했었다. 그런데 친구라는 그 웨이터는 나이가 스무 살은 더 많아 보이는데도 기진을 '선생님'이라고 불렀다.

"센터 모임에서 처음 알았고 시우 씨는 재생인이에요."

"아아, 네."

은호는 천천히 고개를 끄덕였다. 그가 재생인일 수도 있다는 생각은 단 한 번도 한 적이 없어서 약간 놀라기도 했다. 그리고 한 가지가 궁금해졌다.

"그런데 기진 씨가 그걸 대신 밝혀도 되는 건가요?"

재생인은 널리 알려진 유명인이 아닌 이상, 재생인이라는 사실을 가볍게 밝히기 꺼리는 경우가 대부분이었다. 혐오로 인한 갈등 역시 무시할 수 없기 때문이다.

　"괜찮아요. 시우 씨는 20년 전부터 오픈이에요."

　기진은 와인을 한 모금 삼키고 이어 말했다.

　"시우 씨는 한 사람에게라도 더 당당히 밝히고 싶어 해요. 재생인 권리 옹호를 위해 더 바람직하다고요. 그게 오늘은 공은호 씨고요."

　최시우는 원래 연방 대표 육상 선수였고 경기 출전으로 동맹 연방에 갔다가 총기 사고의 피해자가 되었다고 했다.

　"우리는 어렸을 때의 일이라, 일부러 찾아보지 않았다면 잘 모를 거예요."

　유족의 뜻에 따라 그는 이음 연구소를 통해 재생인이 되었다. 다시 온전한 신체를 되찾고 다음 대회에 출전하기 위한 훈련을 이어갔다. 그러나 중요한 경기를 앞두고 심각한 우울과 무력감을 호소했다. 자신이 진짜가 아니라는 불일치감이 원인이었다.

　치료와 재활을 거듭했으나 기록은 우승의 기준과 점차 멀어졌고 시우는 육상계를 떠났다. 그게 약 20년 전의 일이라고 기진은 담담히 말했다.

　"하지만 지금 시우 씨는 잘 지내요. 불일치감도

벗어났고 신경망 오류도 없었고요. 사랑하는 사람과 함께 여기를 경영하는 것도 즐거워 보이고요."

은호는 고개를 돌려 주방과 연결된 창에서 요리를 건네받는 시우를 바라보았다. 그는 양손에 묵직한 접시를 하나씩 얹으며 돌아서면서 지배인으로 보이는 동년배 직원에게 매력적인 미소를 지어 보였다. 아마도 그가 '사랑하는 사람'일 것 같았는데, 그 상대가 일생인인지 아니면 그와 같은 재생인인지는 당연히 알 수 없었다.

"궁금해요? 상대방은 어느 쪽인지요."

기진이 물었다. 은호는 고개를 저었다. 사실 불필요한 참견이었다. 만일 누군가 자신과 나호를 일일이 그런 시선으로 구분 지으려 한다면 그야말로 진저리가 날 것이다.

중요한 건 지금 시우 씨는 잘 지낸다는 기진의 말처럼, 여러 곡절을 지난 후에도 그가 제 삶에 오롯이 만족해 보인다는 사실이었다. 은호는 《피아니시시모》를 떠날 자신도, 그리고 두 번째 삶을 살게 된 나호도 그렇게 되기를 마음 깊이 바랄 뿐이었다.

# 4

## 경계선

"세상에."

약속된 인터뷰 장소에서 쌍둥이를 눈앞에 맞닥뜨린 영은은 그 말만 몇 번을 반복했다. 세상에. 아니, 세상에. 영은은 '공존'의 에이전트였다.

은호도 그 놀라운 심정은 이해했다. 나호의 장례식에도 참석했던 지인이었으니 당연한 반응이었다. 게다가 이런 종류의 재회에 어울리는 인사를 찾기란 상당히 어려운 일이기도 하다. 그래도 '공존'의 오랜 담당자였던 영은은 결국 적당한 표현을 발견했다.

"세상에, 보고 싶었어요. 작가님."

"오랜만이죠?"

"그야말로 엄청나게 오랜만이죠. 돌아오셔서⋯⋯ 정말 기뻐요."

영은은 그제야 나호의 손을 덥석 잡았다.

"그런데 미안하지만 영은 씨, 사실 제가 아니라 이쪽이에요."

"네?"

"얘가 나호예요."

나호가 옆을 가리키자 영은은 붙잡았던 손을 얼른 놓은 뒤 제 입을 감쌌다. 영은은 쌍둥이의 업무 관계자 중에서 두 사람을 가장 높은 확률로 빠르게 구분하던 사람이었다. 보기 좋게 틀렸다니 스스로 충격이 이만저만이 아닌 모양이었다.

그러나 사실 영은의 판단은 이번에도 정확했다. 문제는 이런 장난을 좋아하는 나호였다. 은호는 팔 꿈치로 나호를 슬쩍 찔렀다.

"오늘은 아냐."

혼란에 휩싸인 영은은 쌍둥이를 한 번 다시 번갈아 보다가 긴 한숨을 내쉬었다. 안도의 한숨이었다.

"저 놀리던 습관까지 그대로라니 정말로 돌아오

신 거네요. 차라리 저는 안심이에요."

이런 담당자라서 은호는 엄마뻘인 영은을 좋아했고 신뢰했고 실망시키고 싶지 않았다. 부디 나호도 오늘 이 인터뷰에 임하는 마음이 같기를 바랐다. 2년 만의 복귀였다.

"업무 특성상 재생인 고객을 몇 번 경험하긴 했지만, 이렇게 감격스러운 건 오늘이 처음일 거예요. 작가님들."

예술계통 에이전트로는 잔뼈가 굵은 영은이니 빈말은 아닐 것이었다.

오늘을 위해 마련된 공간은 햇살이 선명하게 드리우는 밝고 따스한 느낌의 스튜디오였다. 쌍둥이는 영은의 안내를 따라 안쪽 파우더 룸에서 가벼운 메이크업을 받고 준비된 의상으로 갈아입었다.

'공존'으로서의 마지막 인터뷰는 2년도 더 된 일이었지만 규칙은 변함없었다. 나호와 은호의 외양에 차이를 두지 않는 완전히 동일한 헤어와 메이크업, 의상으로 투 쇼트의 사진만 허락한다. 개별 촬영은 하지 않으며 감정 또한 지나치게 드러내지 않는다.

일상생활에서의 쌍둥이라면 각자의 개성을 존중

받고 싶은 마음이 일반적이겠지만, '공존'으로서는 아니었다. 작가로서 일체된 인격이라는 콘셉트가 가장 중요했다. 이미지만으로는 누가 누구인지 즉각 판단할 수 없게 의도했다는 점이, 대중의 시선을 한 번 더 끌게 하는 요소이기도 했다.

그래도 인터뷰에서는 이름이 구분되기에 독자들은 그 발언을 토대로 쌍둥이의 차이점을 발견하고자 했고, 어느 챕터를 누가 썼는지 추측하며 근거를 수집하고 해석하기도 했다.

'공존'이 거기에 해당하는 정답을 따로 내놓은 적은 없었다. 그건 독자의 자유이자 유희였고 그 경계 없음이 '공존'의 방향성이기도 했다.

인터뷰는 사진 촬영 후 이어졌다. 에이전시가 이번 인터뷰 독점권을 준 플랫폼은 '공존'과 몇 번 협업한 적 있는 매체였는데, 오늘은 항상 얼굴을 비추던 리포터가 아닌 처음 보는 여성이었다.

최근 다른 곳에서 이직했다며 자신을 소개한 새로운 리포터는 쌍둥이의 인터뷰를 맡게 되어 영광이라면서 상기된 얼굴을 고스란히 드러냈다.

"제가 인터뷰 경험이 적지는 않지만, 이렇게나 똑

같은 쌍둥이는 처음이라서요. 저를 위해 두 분 각각의 성함을 먼저 알려주실 수 있을까요?"

"제가 나호, 이쪽이 은호예요."

이번에는 장난 없이 나호가 대답했다. 소개된 이름 순서대로 쌍둥이와 눈을 맞추며 리포터는 다시 물었다.

"공나호 작가님이 언니시죠?"

"네."

"두 분 모두 반갑습니다. 그리고 무엇보다 작가님께선 다시 돌아와주셔서 감사드리고요."

독자로서도 큰 기쁨이라고 리포터가 덧붙였다.

"은호가 불렀으니까요."

은호를 한 번 보며 나호가 말했다. 오기 직전까지도 잠이 쏟아진다고 투덜거렸던 사람치고는 성실한 태도였다.

"십만 독자의 부름을 대신 이뤄주셨다고 봐야겠죠. 공은호 작가님에게도 특별히 감사드립니다."

"네, 저도 가족이 돌아와 기뻐요."

순조로운 시작이었다. 사실 인터뷰를 위한 사전 질문지는 미리 받아 답할 내용을 적당히 정리해두었다. 아무래도 일반적인 작가의 복귀 인터뷰와는 성격이 다른 자리였다. '휴식기에 어떻게 시간을 보내셨나요?' 같은 평범한 질문과는 거리가 있을 테니, 질문의 유형과 대답의 적정선을 미리 맞춰둘 필요가 있었다.

에이전시에서는 지난 50년간 재생인으로 다시 삶을 시작한 작가 몇 명의 인터뷰와 칼럼 등을 참고 자료로 보내주었다. 그러나 별다른 도움은 되지 않았다. 그중 '공존'처럼 팀으로 일하는 작가는 없기도 했고, 재생권에 관한 의견도 모두 달랐다.

인터뷰 시점이 재생 후 얼마 되지 않았을 때와 어느 정도 시간이 흘렀을 때의 차이도 있었으며, 이전 원본인이던 자신과의 연결에 초점을 맞추는 작가도, 원본인과 자신은 완전히 다른 주체라고 주장하는 작가도 있었다. 재생인 작가가 내놓은 작업물의 평가에 대해서도 '그의 귀환이다' 또는 '이제 그는 없다' 등 천차만별이었다.

그러나 인터뷰나 칼럼 속 글자로는 드러나지 않는 일관된 흐름은 존재했다. 재생인과 그가 내놓은 작품에 점수를 매겨 평가하는 권한을 타당하게 여기는 일생인의 시선이었다.

예술가라면 응당 평가라는 것에서 자유로울 수 없겠지만 재생인 작가의 앞에는 경계선이 하나 더 그어진다. 그 선 앞에서 재생인 작가는 하나의 방향을 선택하게 된다. 이전의 나와 지금의 나는 조금도 차이가 없음을 최선을 다해 증명함으로 자신을 방어하거나, 그 둘을 완전히 다른 인격체로 먼저 선언해 판단 자체를 무력화하거나.

물론 정답은 없다. 어떤 대답을 내놓든 재생인이 재생인이라는 사실은 변하지 않으며, 일생인이 그어 놓은 경계선도 사라지지 않는다.

'공존'에게 그 선택의 주체는 나호였다.

집에서 리허설을 하며 이러한 질문을 받으면 어떻게 대답할 거냐고 은호가 물었을 때 나호는 어깨를 으쓱이며 모르겠다고 했다. 대답을 피하는 게 아니라 정말로 모르는 일이라면서.

그리고 나호가 은호에게 물었다. '넌 어제의 너와 완전히 똑같은 너니? 라는 질문을 받으면 뭐라고 대답할 건데?' 라고. 은호는 대답할 수 없었다.

인터뷰의 도입은 예상대로 지난 사고에 대한 유

감과 그간의 애도, 아쉬움, 홀로 남았던 은호를 향한 위로와 관련한 문답으로 이루어졌다. 그 대답은 대부분 은호의 몫이었으므로 미리 신중히 골라둔 단어로 감정을 조절하며 응답할 수 있었다. 그러나 얼마 지나지 않아 리포터는 역시 새로운 도입을 원했다.

"그럼, 이제 작가팀으로서의 '공존'이 맞이한 변화를 이야기해보고 싶은데요. 정말로 중요한 건 이제부터라고 할 수 있으니까요."

리포터는 나호를 지명하며 물었다.

"어떠신가요? 공나호 작가님. 연재 재개를 앞두고 어떤 마음이신지 조금 듣고 싶은데요."

"예전과 같아요."

나호는 무심하게 대답했다. 부연 설명도 없었다.

"예전과 같다는…… 의미는요?"

지나치게 간결한 대답에 리포터는 '공존'의 기존 인터뷰에서 비슷한 질문에 달렸던 응답을 머릿속으로 재빠르게 탐색 중인 얼굴이었다. 답은 나호가 먼저 찾아냈다.

"아직 글자로 옮겨지지 않은 소설을 품고 있는 부담감은 늘 존재해요. 설렐 때도 있지만 아득하고 두려울 때도 있는데, 그래도 우리는 팀이니까 그 분량이 절반이라는 점에서 고맙고, 또 '공존'으로서 가진 행운이라고도 생각합니다."

대답하는 나호의 표정만큼이나 재미없는 정답이었다. 애써 참고는 있지만 졸음 가득한 나호의 눈이 은호에게는 아주 잘 보였다.

"네, 든든한 동료만한 행운이 없죠. 작가님 말씀에 동의해요. 그래서 은호 작가님도 나호 작가님의 존재감이 누구보다 간절했던 게 아닐까 생각하고요."

은호가 가볍게 한 번 고개를 끄덕이는 사이 리포터는 질문을 구체적으로 바꿨다.

"더불어 독자에게도 2년의 공백은 작품을 기다리는 목마름이 상당한 시간이었어요. 특히 《피아니시시모》는 '공존'의 작품 중 대중적으로 가장 큰 인기를 얻은 소설이었으니까요. 기다림이 지나치게 길어진다는 의견도 사실 상당한데…… 일각에서는 복귀한 공나호 작가님의 기량을 충분히 기대해도 괜찮을는지, 기대가 큰 만큼 실망하게 되는 것은 아닌지 우려하는 목소리도 있습니다."

"그건."

앞으로 내놓을 작품을 읽으면 자연스레 알게 될 거라는 모범답안으로 적당히 넘어가려던 은호 대신 나호가 나섰다.

"리포터님도 《피아니시시모》를 읽으셨나요?"

"물론이죠. 쓰신 곳까지는 전부 읽었어요."

그 뒤가 더 없다는 아쉬움에 세 번이나 되풀이해 읽었다며 자신도 간절한 독자 중 하나임을 강조했다. 진실인지는 모를 일이었다.

"특별히 기억에 남거나 좋아하는 챕터가 있으세요?"

나호의 질문이 이어졌고 어느새 인터뷰이가 바뀌었다.

리포터는 하나만 꼽기는 아쉬우니 신중해야겠다고 잠시 생각할 시간을 달라고 했다. 은호도 그가 어떤 챕터를 고를지 궁금했다.

고민 끝에 리포터는 주인공인 젊은 지휘자 '넬드'가 몇 년을 헌신해온 오케스트라를 전쟁으로 잃고, 공습지 한가운데서 그를 둘러싼 온갖 소음을 마치 악기 소리처럼 받아들이며 지휘하는 부분을 골랐다. 아슬아슬하고도 환상적인 인상을 주는 독특한 장면이라 독자들에게도 많이 회자되는 챕터였다.

"아름답다고 여겨지는 것과 아닌 것, 완벽하게 의도된 것과 무질서한 것이 섞이는 장면이잖아요. 한동안 음악을 잊고 지낼 수밖에 없던 넬드가 각성하는 순간이기도 하고요. 동시에 아주 고요하게, 그러니까 '피아니시시모($ppp$)'로 넬드의 곁을 맴돌았던 일레인에게 굴복하는 것 같기도 해서 통쾌하면서도 묘하게 슬픈 장면이었어요. 물론 '공존'적 낭만은 말할 것도 없고요."

리포터의 감상을 들으며 나호는 동의한다는 듯이 느리게 고개를 주억였다.

"28번 챕터네요."

"와, 순번까지 기억하세요?"

리포터는 다소 과장한 감탄사를 끌어냈다. 은호는 문득 인터뷰이가 재생인이 아닌 일생인이라면 과연 그렇게 반응했을까 라는 의문을 떠올렸다.

"바로 그제 한번 다시 읽었거든요."

나호는 건조하게 대꾸하고는 약간 지루하다는 얼굴로 이렇게 덧붙였다.

"그런데 말씀하신 그 장면, 썼던 당시 우리는 조금도 만족하지 않았어요."

은호와 리포터는 동시에 굳어 나호를 응시했다. 리포터는 왜죠? 라고 물어야 할 타이밍을 놓친 얼굴이었다. 나호가 대답을 이어갔다.

"솔직히 말하자면, 여기저기 숭숭 뚫린 구멍이 제겐 너무나 적나라하게 보여요. 분명히 다르게 풀 방법도 있었어요. 그보다는 친절하게 라고 해야 할까 촘촘하게 라고 해야 할까. 아무튼, 현재의 그 장면은 타협의 결과였어요."

사전 논의한 적 없는 나호의 자가비판에 은호는 당황했다. 리포터는 어떤 점에서 타협이냐고 물었다.

"넬드를 그 상황에서 그만 끄집어내야 했는데 해당 챕터 이상으로 분량을 더 할애할 수 없었으니까요. 여기서 분명하게 마무리 지어야 한다는 의무감 하나로 탄생한 장면이에요. 낭만 같은 의도는 조금도 없었죠."

"그런 후일담이 있었군요."

리포터는 흥미로워하며 귀를 기울였으나 은호는 의아했다. 마감과 분량에 쫓기던 그때의 기억은 아직도 선명했다. 그러나 독자가 마음에 든다며 단 하나 골라준 장면에 환상을 깨는 종류의 주석을 굳이 붙이는 이유는 짐작이 어려웠다.

'진짜' 운운하던 은호에게 그런 건 허상이라는 증명을 우회적으로 하려는 것일까. 함께 쓰던 그때 역시, 진짜나 가짜 따위 존재한 적 없었다는 증거로.

나호가 리포터에게 다시 물었다.

"리포터님은 어떻게 생각하세요? 그 장면, 제가 썼을까요? 아니면 은호가 썼을까요?"

"……네?"

"물론 그때는 둘 다 일생인이었어요."

리포터는 다시 할 말을 잃었고, 리포터의 등 뒤에서 영은은 고개를 살짝 낮춘 채 소리 없이 웃었다. 못 말리겠다는 얼굴이었다.

나호의 질문은 정말로 저자가 누구인지 고르라는 뜻이 아니었다. 완벽한 일생인 두 사람의 작업인데도 부정할 수 없는 약점을 품은 그 장면을 최고로 꼽은 당신이, 과연 앞으로 '공존'의 작업을 어떤 기준으로 논할 수 있겠냐는 반문이었다.

허상에 관한 은호의 짐작이 대강은 맞은 셈이었다. 리포터 역시 그 뜻을 충분히 알아들었을 것이다. 그러나 순순히 인정하느냐는 다른 문제였다. 은호는 그가 어떤 대답을 내놓을지 궁금했다.

"어려운 문제네요. 상세하게 집필 과정을 밝혀주셨으니 직접 쓰셨을 가능성도 크지만, 이렇게 냉정하게 말씀하시는 상황을 고려하면 오히려 그 전개에 반대하셨을 것도 같고요. 음…… 제가 한 가지 질문해도 괜찮다면, 혹시 어느 분이 《피아니시시모》의 도입부를 쓰셨을까요?"

힌트를 요구하는 리포터에게 나호는 빙긋이 웃기만 했다.

누가 먼저 시작했느냐를 안다 해도 소용없었다. '공존'은 함께 쓰지만 교대로 한 챕터가 딱딱 떨어지도록 나눠 쓰는 방식으로는 작업하지 않았기 때문이다. 편집 과정에서 우연히 그렇게 배치되는 챕터도 있었지만 대부분은 아니었다. 분량이 많아지면 한 사람의 원고로 두 챕터가 연이어 배치되기도, 적을 때면 상대방의 원고 앞부분을 끌어와 묶기도 했다. 그런 작업방식 역시 이미 밝혀진 내용이었다.

즉, 우연히 맞힐 수는 있어도 일정한 규칙에 기반해 답할 방법이 없음은 리포터 자신이 가장 잘 알고 있었다. 그는 결국 항복을 선언했다.

"좋아요. 이미 완성된 장면으로의 가치가 절대적이고, 어느 분의 손길이 주도적으로 묻었든지 구분하려는 시도는 애초에 유의미하지 않다고 봐야 하겠죠."

"지나치게 매끈한 모범답안 같은데요?"

"네, 하지만 앞으로 발표하실 원고에도 성립할 묵시록 같은 대답이기도 합니다. 어차피 독자는 구분할 수 없으니까요. 일생인의 두 분도 그랬고, 이제는 달라진 두 분도 그렇고요."

리포터는 이번만은 기꺼이 져주겠다는 듯이 말했다. 그러나 대가 없이 그러지는 않을 모양이었다.

"그래서, 어떤 분이 쓰셨는지 정답을 알려주시는 건가요? 그렇다면 데뷔 이후 이번 인터뷰에서 최초로 공개해주시는 건데요."

나호는 그 질문에 대한 대답은 은호에게 미뤘다. 물론 은호에게 곧이곧대로 밝히라는 뜻이 아니라 자신은 이제 퍽 지쳤으니 네가 그만 바통을 이어받으라는 의미였다.

기대감으로 눈을 반짝이는 리포터에게 은호는 쓴 미소와 함께 아니요 라고 일축하며 또 하나의 실망을 전해야 했다.

"정말로 아기처럼 잘 자네요."

차창에 기대 잠든 나호를 조수석의 백미러로 보면서 영은이 작게 말했다. 인터뷰를 종료하고 돌아가는 길이었다. 차량은 자율주행 중이었다. 그래도 영은은 잠든 나호를 혼자 감당하기 어려울 수도 있으니 집까지 함께 가겠다고 동승했다.

나호는 잠에 곤히 빠져 있다가도 깨우면 일어나 집 현관까지는 충분히 걸을 수 있다. 꼭 필요한 도움은 아니었지만 은호는 굳이 거절하지 않았다. 귀갓길 이야기 상대가 있는 것도 나쁘지 않았기 때문이다.

"앞으로 몇 달은 더 그럴 거예요."

"사실 인터뷰를 그 '아기 기간'이 끝난 후로 잡는 게 좋았을까 싶기도 해요."

나호의 건강 상태만 생각하자면 영은의 그 생각에는 은호도 동감이었다. 그러나 나호는 《피아니시시모》 작업을 위해 그때까지 기다릴 이유는 없다는 의견이었다. 쓰고자 하는 나호의 열망은 신기할 정도로 예전과 같았고, 그렇다면 은호도 반대하고 싶지 않았다. 하루라도 빨리 마지막 작품을 마무리 짓고 정식으로 '공존'과 작별할 수 있다면 제게도 좋은 해방이었다. 물론 에이전시와 영은에게 아직 이야기하지는 않았다.

"저 아까 얼마나 가슴 졸였게요."

영은은 남은 주행 시간을 확인하며 말했다.

"집필 의도야 후일담 차원에서 가볍게 언급할 수 있지만, 오늘은 좀…… 다른 맥락이었잖아요? 그리고 이건 저희 둘끼리만의 얘기지만, 사실 재생인 고객과 있을 때는 만약의 돌발 상황이라도 생기지 않을지 항상 긴장하게 돼요."

은호는 백미러에 비친 영은의 눈을 보았다. 둘끼리라는 단어도, 영은이 나호를 재생인이라고 칭하는 것에도 지금까지는 없던 낯선 기운이 있었다.

은호는 혹시 나호가 듣고 있는 건 아닌지 옆자리를 살폈지만 세상모르는 채였다.

"돌발 상황에 대비할 수 있게 제가 항상 긴장하고 있으니까요. 영은 씨는 마음 놓으셔도 괜찮아요."

은호는 작가가 아닌, 재생인 보호자로서의 대답을 전했다.

"아뇨 그런 뜻이 아니라."

영은은 정색하며 덧붙였다.

"누가 썼는지 정말 폭로해버리는 건 아닌가 했어요. 지금까지 8년을 지켜 온 규칙인데요."

"사실 그렇게 대단한 비밀도 아니잖아요."

폭로라는 단어는 지나친 과장이라 생각하며 은호가 말했다.

"무슨 말씀이세요. 비밀이라는 그 자체가 중요한 거라고요. 두 분은 소설에 앞서 존재감이 서스펜스고 그게 저희 영업 전략이기도 한데, 엉뚱한 데서 김이 새버리면 곤란하다고요."

이번에는 영은이 살짝 돌아보며 물었다.

"그리고 아까 마음 안 좋으셨죠? 리포터가 언급한 그 장면, 작가님 작업이었잖아요."

"새삼스러운 일도 아닌걸요."

작업에 있어서 나호는 원래 냉정한 나침반이었다. 나호의 1번 독자로서는 더없이 좋은 일이었다. 그러나 함께 작업하는 동료로서는 때로 뼈아프거나 답답한 순간이 있었는데, 결국 나호 특유의 까다로움은 소설을 더 그럴듯한 방향으로 인도했기에 은호는 나호의 의견을 대부분 진지하게 받아들였다.

아까 인터뷰에서 언급된 그 챕터는 그런 나호조차 대안이 없어 두 손 들었던 고비였다고 할 수 있었다. 그런데 어리둥절할 만큼의 찬사를 받게 된 것이었다.

"아무튼 그 챕터를 써내고 한고비를 넘긴 게 작가님 덕분이었다는 사실은 변하지 않아요. 결과적으로 반응도 폭발적이었잖아요? 그래서 말이지만······ 사실 저는 은호 작가님 혼자 완성한 《피아니시시모》도 충분하다고 생각해요."

"영은 씨."

그 이야기는 꺼낼 이유가 없다는 경고를 담아 은호는 에이전트의 이름을 불렀다. 나호는 여전히 깊이 잠든 채였다. 영은은 아차 싶었는지 막간의 침묵을 지키다 입을 열었다.

"제 말씀은······ 아까 나호 작가님은 은호 작가님의 필력 자체를 부정한 게 아니라는 뜻이에요. 그 리포터가 하필 그 장면을 고른 탓이고, 나호 작가님은 방패가 필요했던 거고요. 그러니까 너무 마음 쓰지 않으셨으면 좋겠어요."

"네."

그건 은호가 가장 잘 아는 바였다.

그저 오래 의지했던 에이전트가 경계선을 가운데 둔 저울질을 시작한 것 같아 생각이 무거워졌을 따름이었다.

# 5

## 이음의 밤

회장은 시끌벅적했다.

신중함과 아늑함 사이의 어디쯤이었던 센터의 평소 분위기와는 사뭇 다른 풍경이었다. '이음의 밤'이라는 에어그램 패널이 반짝이는 입구로 은호는 기진의 손에 이끌려 들어갔다. 그리고 방문자의 이름을 종이에 펜으로 적는 방식의 방명록에 깜짝 놀랐다. 요즘 종이 위에 손으로 이름을 쓰는 일은 소설 한 장면에나 쏠 법한 고전적인 경험이었다.

대부분의 방명록은 가장 간편한 생체 정보를 요구한다. 그 방법이 싫다면 실물 아이디 코드를 별도로 발급받을 수도 있지만 휴대가 번거로우므로 흔히 사용되지는 않았다.

이 방명록은 확실히 특별한 경험으로 기억되기는 하겠지만, 모임 참석자를 정직하게 반영하지는 못할 것 같았다. 이름을 쓰고 난 후 별도의 진위 확인 절차가 없었기 때문이다. 즉 공은호가 아닌 어떤 이름을 쓴다 해도, 누구도 이의를 제기하지 않는다는 뜻이었다.

은호는 펜이 종이 위에 잉크를 남기는 부드러운 감촉을 느끼며 또박또박 제 이름을 적었다. 그 자신 그대로 공은호. 펜을 기진에게 건네자 그도 자기의 이름을 적었다.

"이음의 밤 전통이에요. 자필 서명은요."

"그전과는 난이도가 지나치게 다른데요?"

기진을 처음 마주하던 날, 정확한 본인 확인을 위해 몇 번이고 생체 정보를 반복 제공했던 기억을 떠올렸다. 기진도 마찬가지였는지 약간 미안하다는 얼굴이었다. 그 후로도 일주일에 한 번 나호를 보러 방문했을 때도 최소한 두 번의 확인 절차는 반드시 거쳤다.

이 회장은 이음 연구소와 센터와는 이어지지 않는 별도 건물에 마련된 공간이었다. 센터의 이미지 제고를 위해 공공이나 민간에게도 개방하는 곳이라 보안 기준이 다르다고 기진이 설명했다.

그러한 기준에 걸맞게 이음의 밤은 캐주얼한 파티였다. 이음 센터와 관련된 모두를 위한 정기 모임으로 반기에 한 번 모여 이야기와 음식을 나누는 행사였다. 센터와 관련된 모두란 센터의 직원, 재생인, 그 가족이나 친구 등이었다.

회장에는 넉넉한 숫자의 원형 테이블이 있었고, 한쪽에는 덜어서 가져갈 수 있는 다양한 핑거푸드와 음료가 늘어서 있었다. 테이블마다 둘러앉은 사람들이 안부를 묻고 전하는 목소리가 적당한 볼륨으로 흐르고 있는 음악과 조화롭게 섞이는 중이었다.

드레스코드도 없고 화려하지 않아도 참석자들이 이 모임을 좋아하고 아낀다는 것만은 회장 분위기만으로 은호도 금방 느꼈다. 센터에서 공식적으로 갖는 이음의 밤은 연 2회지만, 자발적으로 갖는 소모임은 더 많을 거라고 기진이 말했다.

은호는 이내 방명록의 다른 맹점을 떠올렸다.

"그럼 누가 직원이고 가족인지, 재생인인지 방명록 상으로는 전혀 구분할 수 없네요. 이미 서로 알고 있는 관계가 아니라면요."

"맞아요. 그런 구분에서 자유로운 상태라는 취지도 있어요. 이 모임은."

그래서 당사자가 자발적으로 밝히는 건 상관없지만, 상대가 재생인인지 일생인인지 알려달라고 질문하는 행위는 이 모임의 유일한 금지사항이라고 했다.

"경계 없는 밤이라는 거군요."

그런 잣대를 가진 사람이라면 애초에 이런 모임에는 관심이 없을 터였다.

"그렇지도 않아요."

기진의 생각은 달랐다.

"일부러 찾아오기도 하니까요. 너희는 복제품인 가짜에 불과하다고 여기 한가운데서 말하지 않으면 몸이 근질근질한 사람들이 있거든요. 자주 있는 일은 아니지만요."

알 만하면서도 조금 섬뜩한 일이었다.

그러나 어쩌면 그 정도 불청객의 등장은 사소한 해프닝에 불과했다. 바깥에서는 과격한 재생권 반대자가 재생인을 공격했다는 보도가 잊을 만하면 한 번씩 들려왔다. 대체로 얼굴이나 드러난 피부에 날카로운 것을 휘둘러 자상을 남기는 테러 행위였는데, 그들은 그것을 자신이 가하는 공격이 아니라 위험인자에 남기는 '표식'이라고 주장했다.

"과격 행동은 없었나요?"

"음, 아마도 여기 모인 재생인들이 가진 주사제의 양이 두려워서 그렇게까지는 안 하는 것 같아요."

생체분자의 차이는 없으므로 주사제는 일생인에게도 효과를 보인다. 다만 특수약물로 엄격히 관리되는 주사제를 일생인에게 사용한 재생인은 형사처벌을 피할 수 없다. 즉 간단히 벌어질 수 있는 일은 아니라는 뜻이었다.

"그런 사람들도 방명록에 이름을 쓰고 들어오나요?"

"보통 그런 방문객은 아이러니하게도 가짜 이름을 남기더라고요. 가짜는 안 된다면서도."

"오늘은 부디 없기를 바라요."

기진은 모임에는 언제나 경호 인력이 있으니 걱정할 필요는 없다고 했다.

먼저 출발하겠다던 나호는 벌써 홀 안쪽 테이블

에 지원과 나란히 자리를 잡고 있었다. 동석하며 기진은 오랜만에 만난 나호와 지원에게 반가움을 전했다.

나호는 긴 머리를 하나로 묶어 시원하게 틀어 올렸고 메이크업도 제법 진했다. 강청색 원피스는 처음 보는 옷이었지만 잘 어울렸다. 은호는 오늘 머리카락은 가지런히 빗어 넘기기만 했고 연한 베이지색의 블라우스를 입었다. 메이크업은 하지 않았다. 눈여겨보지 않고 지나가면 두 사람이 일란성 쌍둥이라는 사실을 즉시 알아차리기에는 어려울 만큼 서로 다른 분위기였다.

"여기 데이트 장소로 적당한 곳은 아닌 거 같은데, 두 사람 취향 너무 재미없는 거 아니에요?"

나호가 비스킷을 깨물며 물었다.

"그건 언니도 마찬가지인 거 같은데."

"나는 관심 없었어, 이 모임."

지원에게 이끌려 마지못해 왔다며 나호는 하품을 했다. 그런데 지원 역시 이런 모임은 지루하기만 하다는 표정이었다. 그를 대변하듯 나호가 말했다.

"지원이도 오고 싶어서 온 건 아니라서."

"이 모임, 의무는 아닌데요?"

기진의 말에 지원은 태블릿에 필담을 쓰기 시작했다. 두 문장을 이어 쓴 다음 지원은 태블릿을 기진에게 건넸다. 받아 읽은 기진은 왜인지 알겠다는 얼굴이 되었다. 그리고 지원에게 물었다.

"이거, 귓속말인가요?"

지원은 산뜻하게 고개를 저었고, 기진은 은호에게도 태블릿을 건넸다. 귓속말이 아니라는 건 이 테이블의 공식적인 대화라는 뜻이었다. 내용은 이러했다.

*아버지들은 내가 다른 재생인과 어울리는 걸 질색해. 그전에 알고 교류하던 사람들과 그전과 똑같이 지내기를 바라지.*

"음…… 두 분은 지원 씨가 돌아온 게 기쁠 테니, 가능한 한 원래의 일상을 먼저 되찾고 싶은 게 아닐까요?"

은호의 의견에 지원은 태블릿에 다시 뭐라고 적기 시작했다. 대답은 앉은 순서대로 나호를 거쳐 기진, 은호에게로 돌아왔다.

*글쎄. 하지만 내가 살해당한 적도 없고 자기들이 재생 의뢰한 적도 없었던 것처럼 마치 아무 일도 없*

었다는 듯, 그런 일상을 연기할 필요까지 있을까? 내가 재생인인데 그걸 부정하고 싶다니 그 위선을 봐줄 수 없어서 온 거야. 지금 재생인이 가장 많이 모여 있는 장소가 바로 여기일 테니까.

필담은 아래로 내려가면서 조금씩 열이 흐트러져 갔다.

그러면서 재생을 의뢰할 때는 비용은 얼마라도 치를 테니 내가 음성언어를 할 수 있도록 편집을 요구했다는 거야. 난 지금이 좋은데 말이야. 웃기지 않아? 예전과 그대로이기를 바라면서 그건 달라졌으면 하다니.

지원이 손을 내밀었고 태블릿은 다시 한 바퀴를 돌았다.

성년이 되자마자 재생권 거부 동의서에 서명해뒀어야 했어.

이번에는 태블릿이 반대 방향으로 돌아 나호에게 가장 늦게 도착했다. 읽은 나호의 얼굴에는 은호만 알아차릴 수 있을 정도의 옅은 슬픔이 번졌지만, 이내 지원에게 태블릿과 제 손을 함께 건네며 말했다.

"우리가 만나게 된 기회를 없어도 좋았던 일로 만

들지는 말아줘."

곧 음악 소리가 낮아지며 축사가 시작됐다. 이음의 밤은 특별히 정해진 프로그램이 없는 자유로운 모임이기에 축사만이 주최 측이 마련한 유일무이한 순서라고 했다.

축사 담당자가 앞으로 나와 한 손을 들어 보이며 인사하자 환호성과 휘파람 소리가 났다. 은호도 아는 얼굴이었다. 다음 모임에는 올 거냐고 물었던 식당의 웨이터. 최시우였다. 오늘도 근사한 미소와 함께였다.

"네, 또 접니다. 지겨우시겠지만요."

회장에 웃음이 물결처럼 지나갔다.

"저를 재생할 때 이음의 밤 전속 사회자가 되어달라는 계약은 없었는데 말이에요."

연이어 밀려오는 웃음 속에서 시우는 큰 시야로 회장을 둘러보았다. 그의 시선이 이 테이블에 아주 잠시 머물렀다. 은호와 기진을 발견해서인 것 같았다.

"그래도 오늘이 첫 참석이신 분들, 그리고 오랜만에 참석한 분들에게 고리타분하고 재미없는 환영 인사를 전해야 할 악역도 하나쯤은 필요한 법이니까요. 자, 이음에 밤에 오신 모든 분을 환영합니다. 이

제부터 이 아저씨는 잊고 곁에 계신 멋진 분들과 멋
진 시간을 보내시면 되겠습니다."

회장에 다시 음악이 차오르자 어느새 시우도 모
습을 감췄다. 은호와 기진은 간단히 먹을 음식을 가
지고 테이블에 돌아왔고 다음 화제는 종이 방명록이
었다. 나호와 지원도 각자의 이름을 그대로 적어 넣
었다고 했다.

방명록은 중요한 기록물로 센터에 영구 보존된다
고 기진이 알려주었다. 종이라는 사치스러운 물질에
알맞은 대접이었다.

"종이 하니까, 잊을 수 없는 추억이 하나 떠오르네."

나호가 웃으며 말했다. 이제부터 어떤 이야기가 펼
쳐질지 은호는 벌써 알았다.

"뭔데요?"

기진이 궁금해했다.

"우리가 어떻게 소설을 쓰게 됐는지 은호가 선생
님에게 이야기한 적 없어요?"

나호의 물음에 기진은 고개를 저었다.

"종이를 찢은 바람에 일어난 일이에요. 정확하게
는 책을요."

"책이라면…… 종이책 말인가요?"

기진이 설마 하는 얼굴로 물었다. 주문하는 사양에 따라 차이는 있어도 종이책 한 권의 가격은 보통 사람들의 월 급여를 흔히 웃돈다.

"네, 보육원장 선생님 책이었는데 제목이 뭐였더라."

"《시선》."

은호가 대답했다.

"맞아. 이오나 셀터 데뷔작. 굉장한 미스터리 로맨스였어. 지금 생각해도 주문 제작해 소장할 가치는 충분하죠."

약 15년 전 일이었다. 본격적인 창작 부흥의 흐름을 타고 조금 무리해서라도 물성을 가진 책 한 권 정도는 소장하려던 독자들이 늘어나던 시기였다. 쌍둥이가 자란 보육원의 원장도 평소에는 상당히 검소한 사람이었는데 그 욕망에는 굴복하고 말았다.

지원은 찌푸린 미간으로 *제정신이야? 책을 찢다니?* 라고 물었다.

"내가 아니라 은호였어."

나호의 답에 기진과 지원의 시선이 은호에게 동시에 모였다. 두 사람 모두 전혀 예상 밖이라는 눈이었다.

이제 은호가 이야기할 차례였다.

"그땐 아침잠이 많아서 학교 지각이 잦다고 거의 매일 주의를 들었거든요. 하루는 원장 선생님이 반성문을 쓰게 시켰는데, 저를 원장실에 혼자 둔 채로 다 쓰도록 한 시간이 넘게 돌아오지를 않는 거예요. 식사 시간이 훌쩍 지날 때까지요. '내가 돌아올 때까지 이 방에서 나갈 수 없다'는 경고를 해둔 채 말이죠."

나중에야 다른 보육원생의 안전사고가 일어나 그 대처로 경황이 없었다는 걸 알게 됐지만, 그때의 은호는 그저 뿔이 나 있었을 뿐이었다.

"그때 선생님 책상에 놓여 있던 책이 눈에 들어왔어요. 그렇게 가까이 종이책을 본 것도, 만져본 것도 처음이었죠."

양장본 표지 안쪽에 주문자의 이름이 각인된 고급 장정이었다. 제목은 《시선》이었고 작가의 이름은 낯설었으나, 최소한 어린이를 위한 이야기가 아닌 것 정도는 알 수 있었다. 책갈피가 끼워진 위치로 미루어 보아 독서는 이야기의 중반까지 진행되어 있었다. 은호는 그 펼친 면의 오른쪽 페이지를 북 뜯어내

종이비행기를 접었다.

충동적으로 감행한 화풀이였다. 아주 잠시 통쾌하긴 했지만 30분이 더 지난 후 원장이 나타났을 때는 가슴이 미친 듯이 뛰었다. 주머니에 얼른 넣어버린 종이비행기의 무게가 지나치게 묵직했다.

지원이 흥미진진하다는 눈빛으로 다음을 재촉했다.

"며칠 후에 다시 불려갔어요. 선생님이 '혹시 나한테 말하고 싶은 게 없니?' 물어보는데, 없다고 했죠. 다행히 더 추궁하지는 않으셨어요."

그날 밤 침대에 누워 어떻게 하면 좋겠느냐고 나호에게 사실을 털어놓았다. 학교 가는 길 도중에 어딘가 버려야 할지, 그냥 이대로 가지고 있는 게 좋을지 은호는 결정할 수 없었다. 깜짝 놀란 나호는 벌떡 일어나 그 범죄의 증거물을 좀 보자고 했다.

침대 매트리스 아래 깔아둔 종이비행기는 납작해져 있었다. 건네받은 증거물을 나호는 방향을 바꿔가며 천천히 관찰했다. 이제 이걸 함께 처리하게 되면 공범이 되는 거나 다름없을 텐데, 나호는 불안해하기는커녕 오히려 눈을 반짝이고 있었다.

"이거 로맨스잖아."

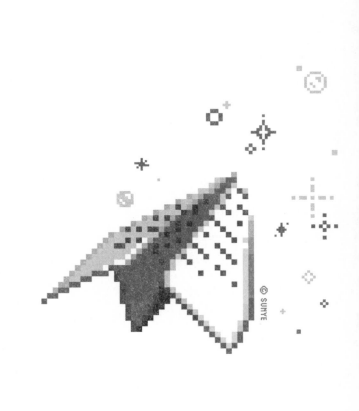

비행기 날개를 사선으로 가로지르는 앞뒤 잘린 문장의 토막을 보며 나호는 그렇게 말했다. 그제야 은호도 지금껏 안중에 없던 비행기 속 글자를 인식했다. 불완전한 문장으로도 누군가 사랑에 빠지는 장면이란 것 정도는 금세 알 수 있었다. 비행기의 양 날개는 온통 절절한 사랑의 독백이었다.

쌍둥이는 당장 종이비행기를 풀어 펼쳐 원래의 온전한 한 페이지를 읽었다. 비로소 매끄럽게 흐르는 사랑의 고백을 확인하자 그 페이지의 앞뒤가 궁금해져 견딜 수가 없었다.

그날 밤을 꼬박 새며 《시선》의 처음과 나중을 멋대로 상상해 번갈아 속삭였다. 불안과는 다른 방식으로 내내 가슴이 뛰었다. 은호는 해피엔딩을 말했고 나호는 슬픈 결말일 거라고 했다.

상관없었다. 한 페이지를 제외한 이야기의 나머지는 이미 쌍둥이의 차지였고 어느 결말이든 완벽할 것 같았다. 처음으로 이야기 짓는 기쁨을 알았다.

"그래서, 《시선》의 나머지는 언제 읽었는데요?"

기진이 물었다.

다음 날 쌍둥이는 다른 날보다 일찍 등교해 바로

데이터 룸을 찾았지만 《시선》은 15세 미만은 열람할 수 없는 도서였다. 수업에 도대체 집중하기 어려운 날이었다.

"그런데 며칠 후에 언니가, 방에 그 책을 들고 나타난 게 아니겠어요? 에어 페이퍼 데이터가 아니라 표지 안쪽에 선생님 이름이 새겨져 있는 바로 그 책을요."

설마 훔쳐 오기라도 한 거냐고 은호는 펄쩍 뛰었다. 나호는 진정하라며 찢겨 나왔던 페이지를 주머니에서 꺼내 원래 있어야 할 곳에 꽂아 넣으며 말했다.

'원장 선생님에게 내가 너인 척했어. 공은호인 척. 이거 보여드리고 죄송하다고 사과하고 책을 빌리고 싶다고 했어. 그리고 망가뜨린 책은 나중에 어른이 되면 새것으로 돌려드리겠다고.'

소설 전체 내용이 무척 궁금한 나머지 '나호'와 함께 지어낸 앞뒤의 이야기도 들려드렸다고 했다. 그랬더니 원장은 무언가 골똘히 생각하더니 잘못을 고백한 용기를 칭찬하고 책을 건네주었다고 했다. 일주일 뒤에 돌려달라면서.

*대단한 행동력이긴 한데, 그 선생님 정말로 나호*

*의 연기에 속은 거야?*

지원의 질문에 은호는 고개를 저었다.

"책을 반납할 때는 제가 갔어요. 조마조마해져 있는 저에게 선생님은 재미있게 읽었는지 어느 부분이 인상적이었고 이유는 무엇인지, 문학 수업 같은 질문을 몇 개 하신 다음 이렇게 말했어요. 새 책으로 갚지는 않아도 된다고 나호에게 전하라고."

*책을 찢다 책을 쓰게 됐다니. 파괴와 탄생이 맞닿은 순간이었네.*

지원이 웃으며 말했다. 그때 시우의 유쾌한 목소리가 테이블에 끼어들어 왔다.

"오, 여긴 수업 이야기 중인가요? 난 센터 프로그램 중에서는 연극 수업이 제일 어려웠는데요. 이 선생님께 수업을 들은 건 아니지만요."

마침 빈 자리가 하나 있었다. 시우는 유려한 말솜씨로 간단히 자신을 소개하며 은호와 나호 사이에 앉았다.

은호는 지원의 말마따나 무모한 파괴에서 이어진 의외의 탄생에 관한 어린 시절의 추억을 시우에게도 공유했다. 왜인지 그가 이 테이블에 오래 머물러 함께 대화할 것 같아서였다. 직접 이야기를 나누기는 오늘이 처음이라 해도 은호에게 시우는 이미 친숙한 사람이었다. 기진의 친구라는 말에 나호 역시 그를 반갑게 맞았고, 지원의 눈에는 재생인의 자기 통제권을 위한 목소리를 꾸준히 내는 유명 인사에 대한 호기심이 가득했다.

"아무튼 원장 선생님은 무척 까다로웠어. 기억하는 한 우리를 헷갈린 적도 없었고. 그런데 그게 쌍둥이로서는 어쩐지 자존심 상하는 일이었다니까."

그렇게 덧붙이며 나호는 당시 '은호'를 완벽하게 연기하지 못한 아쉬움을 토로했다.

"아니에요. 대상이 누구든 연기는 당연히 어려운 겁니다. 세상 무엇과도 완벽하게 같을 수는 없지 않나요?"

시우의 목소리에 테이블의 시선이 그에게 모였다.

"쌍둥이는 개별 인격체니 더 말할 것도 없고, 범위를 나 자신으로 한정해도 마찬가지예요. 재생인이라면 원본의 나와 재생 이후의 나라는 간극을 거슬러 내 과거를 흉내 내 연기하는 것조차 쉽지 않다고요."

골똘히 듣던 지원이 약간의 불쾌함을 담아 태블

릿을 내밀었다.

*재생인에게 그건 연기가 아니라 복귀 아닌가? 제*
*자리로 돌아간다는 의미에서. 그걸 연기라고 한다면*
*재생인의 삶은 가짜라는 거나 다름없다고 들리는데.*

"아아 '재생은 제자리로의 복귀'라는 정의에 가둘
필요가 없다는 말이에요."

무슨 말인지 알겠다는 얼굴로 시우가 설명했다.

"복귀는 아무래도 의뢰인인 일생인의 입장에 가까
운 정의죠. 그게 나쁘다고만은 할 수 없지만. 한편으
로는 재생인의 삶을 처음부터 '그래야 한다'는 틀에
가두기도 하니까요."

시우는 그 틀에서 살아갈 수 없었던 재생인이었다.

"그럼 재생인은 연기도 복귀도 아닌 어떤 단어에
의지해야 비로소 자유로울 수 있을까요?"

나호가 턱을 괴며 물었다.

시우는 생각에 빠지며 어딘가 약간 불편한 기색
으로 팔짱을 꼬았다. 청산유수처럼 말하던 그도 그
대답만은 퍼뜩 떠오르지 않는 모양이었다. 테이블이
지나치게 고요해지자 대답은 기진의 목소리로 들려
왔다.

"사실 어떤 표현도 필요하지 않다고 생각하지만 …… 굳이 골라야 한다면 '변화'라고 할까요?"

*변화?*

"우리는 단 한 순간도 정지 상태가 아니잖아요. 열두 살 때와 스무 살, 지금이 다르고, 그건 지극히 자연스러운 일이죠. 일생인이든 재생인이든지요. 다르게 말하자면…… 나의 과거를 '스스로 복제하지 않을 권리'라고 해도 좋을 것 같고요."

지원의 표정은 심각한 그대로였지만 기진의 의견에 공감하며 어느덧 작게 고개를 끄덕이는 중이었다. 이어서 지원이 의견을 내놓았다.

*그 연장선에서 재생인의 전면적 자기 통제권은 꼭 필요하고 생각해.*

그 말에 은호는 고개를 살짝 기울였다.

기진이 말한 '재생인이 자신의 과거를 복제하지 않을 권리'에는 은호도 이견이 없었다. 만일 재생인 나호가 더 이상 소설을 쓰고 싶지 않다고 한다면 그건 그대로 받아들여야 할 일이다.

그러나 자기 통제권만 두고 논하자면 의견이 달랐다. 0.001퍼센트의 확률에서는 누구도 자유로울 수 없기 때문이었다.

이미 작년이 되어버린 일가족 살해 사건에서 사람들의 관심은 멀어졌어도 언제라도 다시 일어날 수 있는 일이었다. 그 확률이 여기에 있는 나호, 지원, 시우가 아니기를 바라면서도, 주사제가 들어 있는 가방을 지금도 무릎 위에 올려두고 언제라도 꺼낼 준비가 되어 있는 까닭이었다.

은호의 생각은 달라?

표정을 읽은 지원이 물었다.

"아무래도…… 나는 의뢰인의 책임을 늘 염두에 두어야 하니까. 전면적 통제권은 최소한 재생 후 10년 이후가 되어야 한다고 생각해요."

10년? 진심이야?

기가 막힌 지원의 손이 빨라졌다.

그 0.001퍼센트 때문이라면 일생인의 강력범죄율은? 자살률은? 얼마나 제대로 통제되고 있어서? 그들에 대한 책임은 누가 지고 있는데?

그때였다.

테이블이 갑자기 크게 한 번 기울며 덜컹거렸다. 대화가 끊기고 식기와 컵이 바닥으로 떨어졌다. 순간 놀란 지원은 반사적으로 자리에서 일어나 뒤로 물러났다. 은호도 테이블 가장자리로 흘러내리기 시작한 음료수를 피했다.

테이블이 요란해진 이유는 시우 때문이었다. 그가 의자를 뒤로 물리지 않은 채로 갑자기 자리에서 벌떡 일어난 것이다. 시우는 기립하며 테이블처럼 잠시 중심을 잃고 휘청였다. 왼편에 있던 나호가 그의 팔을 부축하듯 붙잡았다. 나호의 옷은 이미 음료수 얼룩으로 흥건해져 있었다.

"괜찮으세요?"

나호가 물었다.

"……시우 씨?"

시우는 대답 없이 초점이 풀린 눈으로 나호를 가만히 응시할 뿐이었다. 그리고 제 팔을 붙들고 있는 나호의 손목을 반대로 낚아채 움켜쥐었다. 시우의 손아귀에 점점 강한 힘이 더해지기 시작했다. 그는 지금 자신이 무엇을 하고 있는지 전혀 모르는 눈이었다.

신경망 오류. 은호는 순간 머릿속이 새하얘져 그 자리에 얼어붙어 버리고 말았다.

"시우 씨!"

그런 은호를 밀쳐내며 기진이 시우를 막았다. 당장 그와 나호를 분리하려 했다. 그러나 나이가 아무리 많아도 전 운동선수의 악력을 기진이 감당하기는 역부족이었다.

기진은 시우가 거칠게 날린 주먹에 얼굴을 맞고 바로 나가떨어졌다. 마치 한 번도 본 적 없는 귀찮은 방해물을 제거하는 것처럼 시우는 망설임이 없었다. 그래도 기진은 당황할 시간조차 사치라는 듯 비틀거리면서도 몸을 일으켜 자신의 재킷 안에서 주사제를 꺼내 시우의 오른팔에 민첩하게 꽂아 넣었다.

몇 초 후 시우는 두 팔을 힘없이 늘어뜨리며 쓰러졌고, 그제야 경호원 세 사람이 도착했다. 모든 것이 순식간에 일어난 일이었다.

한 경호원이 긴급 이송을 요청하는 사이 다른 한 사람은 나호와 기진의 상태를 차례로 살폈다. 은호도 두 사람이 걱정됐지만 또 다른 경호원이 현장으로부터 거리를 두도록 통제했다. 겨우 몇 걸음 앞인데도 다가갈 수 없었다.

나호와 기진에게 큰 이상이 없음을 확인한 경호

원은 바닥에 뒹구는 빈 주사제 용기를 수거했다. 이어서 주사제에 라벨링된 이름을 확인한 후 태블릿에 정보를 입력하려 할 때였다. 기진이 경호원의 팔을 힘없이 붙잡으며 말했다.

"잠시 기다려주십시오. 이송할 재생인의 이름은 최시우입니다."

그런데 기진의 시선은 말하는 대상이 아닌 은호를 향해 있었다. 마치 이 대화의 상대는 은호여야 한다는 듯한 얼굴이었다.

"오류 재생인이 권기진이 아니라는 말씀입니까?"

경호원이 물었다.

"네, 다급한 순간이라 경황이 없어서 제 약을 대신 사용했어요. 최시우 씨의 주사제는 그의 소지품 안에 남아 있을 겁니다."

은호 역시 기진을 바라보는 중이었지만 그게 무슨 뜻인지는 당장 이해하기 어려웠다. 기진은 센터 직원이고, 이런 상황에도 숙련되어 있을 테니 경호원들보다 앞서 먼저 움직인 것뿐 아닌가.

기진의 진술에 따라 시우의 소지품 확인을 마친 경호원이 말했다.

"확인되었습니다. 이번 건은 카운트 오류가 없도록 물론 보고해두겠지만, 대신 권기진 씨의 주사제를 바로 처방해야 하니 연구소로 동행해주셔야겠습니다. 보호자에게도 연락을 취해주시고요."

"알겠습니다."

그제야 은호는 경호원의 손에 들린 주사제 용기의 라벨을 보았다. 거기에는 '권기진/1'이라는 글자가 새겨져 있었다.

# 6

## 고백

"미안해요."

2 회복실 문을 열고 들어간 은호를 보자마자 기진은 그렇게 말했다. 피로와 그늘이 드리운 얼굴이었다.

나호는 다친 곳은 없었지만 졸음을 호소해 옆 회복실에서 잠시 눈을 붙이도록 한 참이었다. 지원은 다른 회원들과 마찬가지로 귀가를 서둘렀는데 돌아가는 순간까지도 충격에서 못 빠져나온 얼굴이었다. 희소한 확률에 관해 논하던 자리에서 그 현장을 목도하고 만 까닭이었다.

다시 의식을 회복한 시우는 평소와 다르지 않은 모습이었지만, 긴급 소집된 연구원들을 통해 재조율 절차에 들어갔다. 재생 후 20년이 경과했고 그간 한 번도 이상 증세를 보이지 않던 재생인의 사례라 특수하게 다뤄지는 듯 보였다.

은호는 보호자용 의자가 아닌 기진의 곁에 걸터앉으며 말했다.

"아니에요. 나야말로 멋대로 기진 씨를 일생인이라고 생각했어요."

자신의 무신경함을 뒤늦게 깨달으며, 지난 몇 차례 기진이 그 사실을 말하려다 그렇지 못했던 순간들을 은호는 차례로 떠올렸다. 그 무심함을 기진은 처음부터 느꼈을 테고 어느 시점에 이야기를 꺼내야 가장 적절할지 그간 줄곧 고민했을 터였다.

"오늘은 분명히 이야기하려고 했어요. 그래서 오랜만에 모임에도 참석한 건데…… 물론 이런 방법으로는 아니었지만요."

"나는 그저 나호를 도와줘서 고맙다고 말하고 싶은 것뿐이에요."

아직 복잡한 마음과 별개로 그것만은 은호에게

변하지 않는 사실이었다.

"그런데 기진 씨는…… 언제까지 여기에 있어야 해요?"

"동생이 올 때까지요."

어머니가 세상을 떠난 이후 현재 그의 법적 보호자는 남동생이라고 했다. 주사제 처방에는 보호자의 승인이 필요하고 재생인이 주사제를 소지하지 않은 상태로 이동하는 것은 불법 행위였다.

기진의 주사제에 쓰인 처방 횟수는 나호와 같은 1이었다. 즉, 재생인으로 살아가는 동안 주사제를 사용할 기회가 없었다는 의미였다. 대부분의 재생인이 그렇듯이.

"걸음이 느린 녀석이라 시간이 좀 걸릴 테니, 그동안 은호 씨가 궁금한 것들 물어봐도 괜찮아요."

은호의 그 복잡함을 조금이라도 덜어주고 싶다는 얼굴로 기진이 말했다.

"언제였어요? 재생인으로 태어난 거."

"열일곱 살이었으니까, 12년이 조금 넘었네요."

기진은 당시 아역부터 활동해 온 연극배우였다.

"눈에 띄는 실력은 아니었지만 그래도 무대를 좋

아해서 작은 역할은 종종 맡았어요."

사인은 특수 설계된 높은 무대에서 리허설 도중 일어난 낙상 사고였다. 이름이 알려지지 않은 십 대 무명 배우의 죽음은 빠르게 잊혔으나, 그의 어머니는 기진이 얼마나 무대를 좋아했는지 알았고 다시 기회를 주고 싶었다.

기진은 재생이라는 이름의 기적을 알고는 있었지만, 정작 자신에게 해당할 일이라고 상상해 본 적은 없었다고 했다.

"그래서 전 재생이 기뻤어요. 돌아온 걸 환영받는 것도 다시 연극을 할 수 있게 된 것도요. 원래 또래와는 잘 못 어울리는 숙맥이었는데, 신기하게 무대에서 다른 사람이 되는 건 편안했거든요."

기진은 엷은 미소를 띠었다.

"그런데 기적은 나를 무대로 돌아오도록 하는 데까지였어요. 나 자신이나 연출자가 바라는 정도의 실력에 도달하는 기적까지는…… 부끄럽게도 안 일어났죠."

에이전시를 통해 간신히 몇 작품의 조연 정도는 따냈지만 무대가 하나 끝날 때마다 따라오는 혹평은 가혹했고 오디션은 번번이 고배였다. 연기가 더 나아가지 못하는 이유에 어떤 이들은 재생인의 한계라고, 어떤 이들은 재생 전부터 실력은 형편없었다고 했다. 어느 쪽이든 아픈 평가였다. 기진은 슬럼프에 빠졌고 나중엔 에이전시에서도 계약이 종료되기만을 바랐다고 했다.

그런데 그 무렵 재생인의 재활 수업을 맡아줄 의향이 있느냐는 이음 센터의 제안을 받았다. 다소 갑작스러웠지만 다른 대안이 없었던 기진은 수락했다. 그런데 큰 기대감 없이 시작한 일이 의외로 적성에 잘 맞았다. 누군가를 차근차근 지도하며 성장을 지켜보는 과정이 좋았다. 그렇게 새로운 업무의 즐거움을 조금씩 쌓아갔고 지금은 무대에 미련이 없을 정도로 현재의 일에 만족하는 중이다.

"원래 그 수업의 담당자는 일생인이었다고 해요. 당시에는 센터의 다른 프로그램도 전부 마찬가지였고요. 그즈음 재생인의 부작용 사례가 두 번 연이어 나오기 전까지는요."

한 사례는 자해였고 다른 사례는 행인을 다치게 한 사건이었다. 자해한 재생인은 사망했고 다른 쪽은 행인이 그를 피해 넘어지며 골절상을 입었다.

피해의 대상도 범위도 달랐지만 대중에게 중요한 사실은 그렇게나 희박하다는 신경망 오류가 두 건 연달아 일어났다는 것이었다. 통계상 확률 따위 무슨 의미가 있느냐며 세상을 시끄럽게 만들기에는 충분한 재료였다.

그 영향은 수업을 담당하던 재활 지도사들에게도 미쳐왔다. 센터에는 불안이 자라기 시작했다. 갓 태어난 재생인에게는 재활 지도사의 표정에 그대로 드러나 있는 혐오와 불안이 두려움이었다. 나는 처음부터 잘못된 무언가라는 근본적인 두려움.

그러한 상황은 센터의 존재 이유, 그리고 지향하는 바와 정반대의 흐름이었다. 이음 센터는 일생인 재활 지도사와 조율 중에 있는 재생인 사이에서 교량 역할을 하는 재생인 재활 지도사를 영입하기로 했고 기진이 기꺼이 그 역할을 맡았다. 그래서 첫 수업에서 기진은 자신이 재생인임을 분명히 밝힌다고 했다.

"나호 씨가 은호 씨에게 이야기하지 않았다면, 그건 제가 스스로 고백할 기회를 빼앗지 않은 것일 테니, 혹시라도 나호 씨를 원망하지는 말아주세요."

그런 생각은 한 적 없다며 고개를 젓는 은호에게 기진이 이어 말했다.

"그리고…… 만약 은호 씨에게 저로 인해 바라지 않는 두려움이 생겨났다면, 이야기해주세요."

기진은 이런 일은 몇 번이나 경험해본 사람처럼 담담히 말했다. 지나치게 담담한 탓에 은호는 오히려 할 말을 잃고 말았다.

그때 무례하다고 해도 좋을 거친 노크 소리와 함께 회복실의 문이 열렸다.

"나와. 끝났으니까."

기진과 닮지 않은 듯 닮은, 조금 더 젊고 작은 남자였다. 그의 동생이었다. 기진이 혼자 있는 줄 알고 벌컥 열고 들어왔다가 은호와 눈이 마주쳐 약간 당황한 기색이었다. 그의 얼굴에는 형에 대한 염려나 근심보다 이 상황이 성가시다는 불만이 더 선명했다. 기진 역시 동생의 등장이 반갑기만 한 얼굴은 아니었다. 초면인데도 은호는 두 사람 사이에 놓인 경계선을 바로 느낄 수 있었다.

"응, 가자."

기진은 감옥에서 나올 권리를 얻은 사람처럼 자

리에서 일어나며 은호에게 말했다.

"그럼 나중에 다시 이야기해요. 제게 기회가 있다면요."

은호는 고개를 끄덕였다. 동시에 그렇게 말하는 기진을 흘긋 보는 동생의 눈에 담긴 아주 오래된 경멸을 보았다. 순간 마음이 얼어붙는 것 같았다.

'저로 인해 바라지 않는 두려움이 생겨났다면 이야기해주세요.'라고 말하던 그 담담함의 이유를 은호는 이제 알 것 같았다. 이 고백을 그가 이렇게 오래 망설여 온 이유도.

형제는 은호가 정식으로 작별 인사를 건네기도 전에 서둘러 회복실을 빠져나갔다.


시우의 부작용 사건으로 한동안 '이음의 밤'이라는 단어가 매일 보도에 등장했고 재생권을 둘러싼 논란도 내내 뜨겁기만 했다.

최시우가 아니라 잘 알려지지 않은 재생인의 부작용이었다면, 아마 이만큼 시끄럽지는 않았을 거라고 은호는 생각했다. 자기 통제권을 주장하던 재생인의 부작용이라는 사실이 불씨를 더 크게 키운 격이었다.

이음 연구소와 센터는 그 대응으로 한 달가량 분주한 시간을 보내야 했다. 기진은 은호가 제게 기회를 준다면 다시 이야기하자고 했지만, 일련의 흐름으로 기회를 얻지 못한 쪽은 오히려 은호였다. 기진 역시 센터의 책임자 일원으로서 연방 당국의 요청에 따라 처리해야 할 일이 많았다.

나호에게도 후유증은 있었다. 기진의 도움으로 위험한 상황은 피했지만 눈앞에서 마주한 부작용에 크게 놀란 것은 다른 이들과 마찬가지였다.

사건 이튿날 도착한 시우의 정중한 사과 메시지를 나호는 무리 없이 받아들였다. 사실 나호는 시우에게 사과를 받아야 한다는 생각은 전혀 하지 않고 있었다. 그럴 여유가 없었다고 해야 할 것이다. 그날 이후 나호를 사로잡은 가장 큰 두려움은 '내가 만일 은호나 지원에게 이런 행동을 한다면'이라는 가설이었기 때문이다.

그 후 며칠간 은호를 대하는 나호의 행동은 극도로 조심스러웠다. 두 사람이 함께 있을 때 일정 거리 안으로 들어오는 일이 없었다. 보다 못한 은호가 결국 적당히 좀 하라고 한마디하고 난 뒤에야 비로소 거리를 좁혀왔다.

쌍둥이는 미결로 남아 있는《피아니시시모》작업에 집중하기로 했다. 뜻대로 할 수 없는 일들은 잠시 내려놓고, 쌍둥이가 일상으로 돌아갈 수 있는 가장 빠른 방법이었다. 오래 기다린 독자들에게도 좋을 일이었다.

작업을 앞두고 나호는 은호가 한 차례 완성해둔 소설의 후반부를 꼼꼼하게 읽었다. 은호는 그 원고는 없는 셈 치고 처음부터 시작하자고 했지만 나호는 어림도 없는 소리라고 했다. 마지못해 공유한 초고에서 나호는 제 시야에 포착된 반짝이는 단어와 문장을 소중하게 걸러냈다. 그것들을 씨앗 삼아 시작하자고 했다.

나호에게도 그렇지만 은호에게도 오랜만의 작업이라 재시동을 거는 데는 꽤 부침이 있었다. 그래도 이제는 혼자가 아닌 둘이었다. 은호가 마련해둔 작은 등불을 쥔 나호가 앞장서 길을 이끌었다. 뿌연 안개를 헤치고 가는 듯한 불확실성은 여전했으나, 은호는 마지막이 될 모험길에서 자신을 의심하기보다 맞잡은 손을 의지하기로 했다.

그렇게 꼬박 2개월을 집필에만 몰두했다. 이제는 에필로그 발표만 남겨두고 있었다.

"뭐 읽어?"

모처럼 작업을 쉬는 날 아침, 은호가 욕조에 들어가 에어 페이퍼로 뉴스를 살피고 있는데 나호가 말을 걸어왔다. 하루 수면이 8시간 이하로 충분해진 후로는 나호도 일찍 일어나는 날이 많아졌다. 계절은 어느덧 새로운 여름에 가까워져 있었다.

목욕 순서를 기다리는 동안 같이 보자며 나호는 욕실 공중에 띄워진 에어 페이퍼의 각도를 제 방향으로 틀었다. 은호는 굳이 읽을 필요 없는 글이라고 하려 했지만 나호의 손이 약간 더 빨랐다.

"아아, 또 뭔가 썼군."

지난번 인터뷰에서 만났던 그 리포터의 글이었다.

월간 문화 플랫폼에 연재하는 문학 경향 칼럼으로 최근 오랜만에 신작을 들고 온 재생인 작가의 작품 비평이었다. 가볍게 훑었을 때도 어조가 제법 날카로워 보였는데 차근차근 읽어도 크게 다르지 않았다. 칼럼 말미에 '우리 시대 재생인 작가의 진정한 활약을 다시 기대해본다'는 문장이 방향 잃은 부표처럼

둥둥 떠 보였다.

"이 작가는 예전에 수상도 여러 번 했잖아. 혹시 신작 읽어 봤어?"

은호의 물음에 나호가 답했다.

"아니. 그런데 이 칼럼을 보고 나니 괜히 읽고 싶어졌는데."

그건 은호도 마찬가지였다. 이런 반응을 노린 마케팅의 일환이 아닌가 라는 생각마저 잠깐 들었지만, 해당 작가의 알려진 성정을 고려했을 때 그건 앞뒤가 맞지 않는 일이었다.

사실 지난번 쌍둥이의 인터뷰 이후에 발행된 기사도 비슷한 결이었다. 현장에서는 마지막까지 능청스럽다고 할 만큼 활기찬 인터뷰를 이어간 데 비해, 막상 나온 원고에는 온도랄 것이 보이지 않았다.

이 칼럼처럼 처음부터 비평에 의도가 있었다면 이해는 했을 것이다. 그러나 그 인터뷰는 '공존'의 활동을 앞두고 에이전시가 홍보를 위해 진행한 일정으로, 재생인 나호를 환영하고 《피아니시시모》에 대한 기대감을 증폭시키는 것이 목적이었다. '어디, 이제부터 좀 지켜보도록 하지' 같은 꼿꼿한 시점으로 써야 할 글은 아니었다는 뜻이다. 결국 에이전시에서는 뒤늦게 발행분의 일정 부분 수정을 요청했고, 쌍둥이에게도 양해를 구했다.

그러나 그와 무관하게 라고 해야 할지, 아니면 결과적으로 라고 해야 할지 《피아니시시모》의 연재 재개 반응은 기대 이상이었다. 기존 독자들은 '공존'의 복귀를 환영했고 다시 출발한 소설의 후반부를 마음껏 즐겼다. 재생인 예술가의 작품은 그 자체로 허위라고 주장하는 지독한 근본주의자의 의견 따위는 물론 고려하지 않았다.

"그래서 이제 에필로그까지 모두 마치고 나면 《피아니시시모》도 이 사람 도마 위에 올라가겠다고 생각하던 중이었어."

은호의 중얼거림에 나호는 동의하며 대꾸했다.

"그런 전쟁터에 너는 나를 남겨두고 절필하다니, 넬드를 고통 속으로 몰아넣은 일레인의 그림자처럼 말이야."

씁쓸하다는 목소리였지만 원망이 짙게 담긴 기색은 아니었다. 은호는 작게 웃었다.

"하지만 고요하게 종적을 감춘 일레인 한 사람을

위해서, 넬드는 결국 음악으로 돌아가잖아. 전쟁 중이라고 해도 일레인이라면 어디서든 그의 소리를 들어줄 거라는 확신이 있으니까."

두 사람이 창조한 인물 넬드와 일레인은 궁극의 신뢰로 이어진 관계였다. 어느 경계선으로도 가를 수 없는.

은호는 그에 지지 않을 신뢰로 나호의 독자로 다시 태어날 각오가 충분히 되어 있었다.

"아아, 《피아니시시모》의 마지막 회를 너를 위한 변명으로 삼겠다는 말이지?"

"이건 나에게도 대단원인데 조금은 진심이어도 안 될 거 없잖아? 그리고 절필이 아니라 재생이야. 독자로서의 재생. 그러니 언니도 기꺼이 환영해줘."

은호의 결론에 이번에는 나호의 낮은 웃음이 욕실의 벽을 울렸다.

"진심이구나. 그래."

그러곤 허전함이 다소 깃든 눈으로 스스로를 납득시키듯 고개를 가만가만 끄덕이고서, 내일 자신의 분량인 에필로그를 마무리하겠다고 했다.

# 7

## 조약돌

"덕분에 실컷 웃었어요. 오랜만에."

은호는 바리스타에게서 받은 커피를 기진에게 건네며 말했다. 극장 1층의 커피 라운지였다. 함께 본 연극은 오래전 서유럽 연방의 고전 비극을 희극으로 과감하게 각색한 작품이었다. 연출자인 기진의 친구가 초대해주었고, 두 시간은 눈 깜짝할 사이에 흘러갔다.

이 여운을 그대로 흘려보내기는 아쉬워져 두 사람은 극장 내 커피 라운지에 잠시 머물기로 했다. 바에서 커피 두 잔을 받고 돌아서자 마침 안쪽에

막 자리가 난 테이블이 보였다.

진하고 부드러운 커피를 한 모금 삼키며 은호가 연극의 감상을 말했다.

"누군가를 웃게 만드는 힘은 고귀하잖아요. 막상 웃음이 머무는 순간은 그 고귀함을 잘 모른다는 사실이 덧없기도 하고요."

"의미심장한데요."

"아무튼 재미있었다는 거예요."

"다행이에요. 나중에 연출자에게 꼭 전할게요."

"제 감상이 아니어도 이미 찬사는 충분히 듣지 않았을까요."

"괜찮아요. 찬사야말로 들어도 들어도 어쩐지 아쉬운 거니까."

이음의 밤 이후로 처음 보는 기진은 이전과 다름없는 특유의 차분하고 사려 깊은 모습 그대로였다. 연극의 쾌활한 공기에 흠뻑 빠져들었다 나온 여운 때문일 수도 있지만, 시우의 사건 당일 드리워졌던 그늘은 더 이상 보이지 않는 것 같았다.

시우는 1개월의 재조율 기간을 가진 후 특별한 이상 소견 없이 다시 일상으로 돌아갔다. 물론 이전보다 잦은 추적검사의 의무가 더해진 채였다. 그 후로도 재생권 반대 단체의 압력으로 센터와 시우가 일하는 식당 양쪽의 입구는 한참 소란스러웠다.

그 혼란스러운 와중에 이 연극의 초대권이 기진에게 도착했다. 이 연출자는 기진이 무대를 떠난 지긴 시간이 흘렀는데도, 새로운 작품을 올릴 때면 잊지 않고 반드시 초대권을 보내는 유일한 사람이라고 했다. 무대로 돌아오고 싶으면 언제든지 알려달라는 메시지와 함께.

"시기가 좋지는 않은 것 같았지만…… 마침 은호 씨도 소설을 막 끝낸 참이라고 해서 함께 보고 싶었어요. 와줘서 고마워요."

"어쩌면, 내가 나오지 않을 거라고 생각했던 건 아니죠?"

은호는 눈을 약간 가늘게 뜨고서 물었다.

"으음."

기진은 즉답을 망설였다. 시선이 커피 라운지의 천장을 한 번 향했다가 다시 은호에게 돌아오는 데 약간의 시간이 걸렸다.

"일단은…… 그날 제가 해둔 말이 있기도 하고."

해둔 말이란 '만약 은호 씨에게 저로 인해 바라지 않는 두려움이 생겨났다면, 이야기해주세요.'였다.

"이왕이면 최악을 염두에 두는 편이 덜 아프니까요."

"그건 어쩐지 기쁜데요."

은호의 대구에 미안한 얼굴이었던 기진이 눈을 동그랗게 떴다. 은호가 컵을 두 손으로 감싸며 말했다.

"최악이라는 위치가 될 수 있을 정도로, 기진 씨에게 의미 있는 사람이란 뜻으로 받아들이자면 말이죠."

같은 '없음'이라 해도 부재의 무게가 모두 똑같지는 않은 법이다.

"그렇군요."

기진이 멋쩍게 미소 지었다. 은호는 그날 기진과 함께 회복실을 떠나던 그의 동생의 눈빛을 잠시 떠올려야 했다. 그러나 그보다는 다른 이야기를 하기로 했다.

"무대를 떠날 때도 비슷한 마음이었어요?"

"그때는…… 그래도 최악은 아닐 거라고 마지막까지 고집을 부리다 결국 크게 다쳤다고 해야겠죠. 그만큼 무대를 사랑하긴 했어요."

"힘들었겠네요."

"그런데 작가인 은호 씨와 소설의 관계도 비슷한 순간이 있지 않은가요?"

이번에는 기진이 은호에게 물었다.

"물론 선을 딱 긋기는 어렵지만, 고집과 사랑, 아니면 의무와 욕망을 구분하기 어려운 복잡한 순간이요."

기진의 질문은 은호가 '공존'으로 살아가면서 오랫동안 해온 자문과 맞닿아 있었다. 그 대답과 함께 이제 다소 중요한 변화를 앞둔 제 상황을 기진에게 전해야 할 차례가 온 것 같았다.

"맞아요. 그래서 요즘 이음의 밤에서 이야기했던 변화에 대해서 자주 생각해요. 스스로를 복제하지 않을 권리라고 했던 기진 씨 말도요."

그날 자기가 뭐라고 했는지 생각을 돌이키는 기진에게 은호가 말했다.

"이건 기진 씨에게 가장 먼저 밝히는 건데, 실은…… 이번 작품을 끝으로 '공존'에는 나호 언니만 남을 거예요."

"네?"

"작가님? 이런. 정말 모를 일이네요, 세상은."

놀라서 되묻는 기진에게 이야기를 더하려 할 때였다. 익숙한 목소리가 두 사람의 테이블에 끼어들었다. 다름 아닌 에이전트인 영은이었다.

영은은 이전에 일한 적 있던 배우의 공연이라 초대받아 왔다고 하며, 뜻밖이라는 얼굴로 두 사람을 번갈아 보았다. 그 배우와 저녁 약속이 있어서 분장을 지우고 나오기를 기다리는 중이라고 했다. 그러고는 은호가 아닌 기진을 향해 물었다.

"나 기억하죠? 아니면 너무 오랜만이라 잊어버렸을까요?"

두 사람이 구면이라는 사실은 은호에게 더 놀라웠다. 그러나 다양한 예술 분야의 에이전트로 경력을 쌓아온 영은이었으니, 어디선가 한 작품으로라도 얽히는 게 자연스럽기는 했다.

"당연히 기억합니다."

예전 기진이 소속된 에이전시에서의 인연이었다. 영은이 '공존'의 에이전시로 이직하기 전이었는데, 기진의 담당은 아니었지만 대화를 나눌 일이 종종 있었다고 했다. 하지만 지금 기진에게는 이 우연한 만남이 영은만큼 반가운 일은 아닌 듯 보였다. 당시 에이전시에서는 그와의 계약 종료를 기다리기만 했다던 말을 은호는 떠올렸다. 아마도 영은은 기진의 재능을 부정하는 쪽에 가까운 사람이었을 것이다.

"멋지게 성장했네요. 작품으로는 안 보여서 전혀 몰랐어요."

"이제 무대 활동은 안 하니까요."

"아아, 그럼 지금은 어떤 일을……."

영은은 기진이 배우로 활동하지 않는다는 것 정도는 이미 안다는 웃음을 지으며 물었다.

"이음 연구소 산하 센터에서 재생인 재활 교육을 담당하고 있습니다."

"특별한 일이네요, 그것도."

"네."

"아무튼 이렇게 다시 보다니 세상이 정말 좁아요. 게다가 우리 작가님과 함께라니요."

이제야 시선이 은호를 향해 왔다.

잠시 동안 영은은 '공존'의 에이전트로서 얼마나 자랑스러운 시간을 보내고 있는가에 대해 이야기를 늘어놓았다. 그리고 《피아니시시모》 이후의 활동도 기대하지 않을 수 없다고 할 때, 은호는 커피를 마시는 척하며 기진을 향해 검지를 입술에 가볍게 갖다 대 보였다. 은호의 계획에 대해 아직 영은은 모른다는 뜻이었다.

기다리던 일행이 저쪽에 나타나 손을 흔들자, 영은은 다음을 기약하자며 서둘러 사라졌다. 찻잔 속의 폭풍이 아니라 커피 테이블의 폭풍이었다.

"설마 출간 기념 파티에서 긴급 발표로 하려는 속셈은 아니죠?"

다시 찾아온 잠잠함 가운데서 기진이 물었다. 한 달 후 《피아니시시모》 완결과 정식 출간을 기념하는 파티가 열린다. '공존'의 관계자들 및 선택된 소수의 독자가 초대되는 행사로 기진도 은호와 동행할 예정이었다.

"실은 아직 결정 못 했어요. 그 자리가 좋을지, 그 이후가 나을지."

"뭔가 생각해둔 다른 계획이라도 있나요? '공존' 바깥의 은호 씨 말이에요."

"당분간은 실컷 읽고 싶어요. 충실한 독자로 돌아가서요. 그리고 아직 빛을 보지 못한 좋은 소설을 양껏 찾아내고 싶어요. 특히, 재생인 작가의 작품들을요. 좋은 이야기를 알아보는 재능 하나만은 제가 나호보다 뛰어나다고 자부하거든요."

"왠지 에이전트처럼 들리기도 하는데요."

"음, 어쩌면요.."

나호에게는 이야기하지 않았고 아직 구체적인 계획 또한 없지만, 은호도 그 미래를 생각해보지 않은 것은 아니었다.

"궁금하네요. 내가 아직은 모르는 앞으로의 은호 씨도요."

다정한 기대감과 응원을 보내는 기진을 마주 보며 은호도 똑같이 말해주고 싶었다. 나 역시 앞으로의 당신이 궁금하다고. 그러나 굳이 언어로 꺼내지 않아도 이미 공유된 마음이었다.

'바라지 않는 두려움'도 마찬가지였다. 아직 모르는 미래에 대해서는 기대만큼이나 두려움도 분명 존재한다. 그러나 그것은 재생인이라서가 아니라 타인이어서다.

은호는 그 두려움을 주머니에서 꺼낼 수 없는 작은 조약돌이라고 부르고 싶었다.

한 존재가 자기 바깥에 있던 존재와 연결되며 세

계가 확장될 때는, 누구라도 그 조약돌을 지니게 된다. 색깔이나 형태가 조금씩 다를 뿐 그 조약돌이 없는 관계란 존재하지 않는다. 때로는 그 돌멩이가 있는 줄도 모르는 채로 살아가고, 때로는 원래의 무게보다 묵직하게도 느낄 것이다.

기진의 주머니에도 은호라는 세계로 인한 조약돌이 이미 몇 개 들어 있을 터였다. 사소하게는 영은이라는 존재도 그 조약돌 중 하나가 되었을지 모른다.

"아, 그런데 만약 영은 씨와 함께하는 자리가 불편하다면, 파티에 무리해서 참석하지 않아도 괜찮아요."

은호의 말에 기진은 고개를 흔들었다.

"아니에요. 벌써 10년이나 된 일인걸요. 김영은 씨는 당시의 자기 일을 했을 뿐이고요. 다만 한 가지가 궁금하기는 한데……."

"뭔데요?"

"평소 김영은 씨는 두 사람을 잘 구분했는지요."

"네? 네. 그럼요."

100퍼센트는 아니지만 열에 여덟 번은 틀리지 않았다.

"그런데 아까는 왜인지…… 쌍둥이 중에 어느 쪽

인지 확신 못하는 것 같다는 느낌이었어요."

기진의 말을 듣고 보니 그랬다. 영은은 은호를 '우리
작가님'으로만 칭했고 쌍둥이 중 한 사람을 특정할
만한 이야기는 전혀 꺼내지 않았다. 덕분에 은호는 열
번 중 두 번은 틀렸던 확률의 이유를 밝힐 수 있었다.

"혼자 있을 때는 구분하기가 더 어렵다고 했거든요."

함께 있어야 서로의 차이가 잘 보이는 법이라고
했다. 기진도 긍정했다.

"그렇겠네요. 게다가 재생인 일행과 단둘이 있으
니 좀 더 아리송했을지도요."

"어쩌면 나호 언니라고 생각했을 수도 있겠어요."

의도하지 않은 연극이 되어버린 셈이었다. 나호가
자주 치던 장난처럼 경계가 흐려진 순간.

그러나 이번에는 그 착각을 굳이 바로잡을 필요는
없다고 은호는 생각했다. 이제 그만 기진과 함께 오늘
의 유쾌한 연극 이야기로 돌아가고 싶었다.


주변이 제법 어둑한 탓에 은호는 지원을 한 번에
알아보지 못했다. 모노레일에서 내려 아파트로 향하
는 길에 통과해야 하는 작은 공원에서였다.

빠른 걸음으로 마주 오는 익숙한 모습의 등에 매달린 커다란 첼로 케이스를 보고서야 은호는 상대가 지원이라고 확신했다. 근처에서 나호와 시간을 보내다 귀가하는 길 같았다. 기진과 마찬가지로 지원 역시 오늘이 이음의 밤 이후의 첫 대면이었다. 지원도 곧 은호를 알아보고서 뭔가 애매한 표정을 지으며 멈춰 섰다.

"오랜만이에요. 잘 지냈어요?"

*그럭저럭.*

피로감 묻은 대꾸였다. 무거운 악기 때문인 것도 같았다.

"그거 엄청 무거울 것 같네요."

*그다지. 인생의 무게가 딱 이 정도만 돼도 어디든 날아다니고 말 텐데.*

은호는 웃었지만 지원은 웃지 않았다. 그저 무의식적인 손놀림으로 무언가를 확인하듯 바지 주머니를 한번 빠르게 더듬어보고는 그만 가보겠다며 손을 흔들었다.

"잘 가요. 나중에 파티에서 만나요."

지원은 돌아보지는 않은 채로 손을 들어 오케이

사인을 해 보였다.

　나호 역시 지원을 파티에 초대했다. 다만 손지원 한 사람이 아닌 그가 소속된 교내 콰르텟 네 사람이었다. 파티 오프닝의 축하 연주를 부탁한 것이다.

　지원과 헤어져 공원의 끝이자 아파트의 입구에 다다랐을 때, 은호는 벤치에 덩그러니 앉아 있는 나호의 실루엣을 발견했다. 아무리 어둡다고 해도 도무지 착각할 수 없는 거울 같은 모습이었다. 그러나 가까이 다가가 본 얼굴에는 물기가 있었다.

　바람이 꽤 차가운데 왜 집에 들어가 있지 않으냐는 잔소리는 넣어두었다. 몇 분 전, 애매하던 지원의 얼굴을 떠올리며 은호는 벤치에 앉았다.

　막간의 침묵이 흐른 뒤 나호는 지원과 헤어졌다고 말했다. 이유는 아직 몰라도 나호의 슬픔이 지원의 것보다 큰 분량이라는 건 쉽게 알 수 있었다.

　그러고 보니 이음의 밤 이후로 나호는 콰르텟을 파티에 초대했다는 내용 외에 지원의 이야기를 꺼낸 적이 없었다. 《피아니시시모》 작업에 집중하느라 그런 줄로만 알았는데 그게 전부는 아닌 모양이었다.

　"첼로 연습에 더 집중하고 싶대."

나호가 설명했다.

1년이라는 통상적인 조율 기간은 끝났지만 지원은 아직 수면 시간 조절이 나호만큼 원활하지 않았다. 깨어 있는 동안 최대한 연습에 몰두하려고 해도 한계가 있었고 연주자로서 조금씩 조바심이 더해갔다.

"센터에서도 재생 후에는 약간의 개인차가 있다고 했잖아? 언니는 사실 1년을 채우기 전에 조절했으니까 당연히 그 반대도 있을 테고."

의뢰인 교육에는 '재생 후 1년에서 1년 6개월은 수마가 닥칠 때마다 마음껏 자도 좋은 재생인의 휴가로 여기라'는 내용이 있었다.

"지원이와 그 아버지들은 인정하고 싶지 않은 모양이야. 그러다 연주자로의 기량을 잃으면 결국 재생인의 한계가 이러쿵저러쿵하는 결론에 장단 맞춰주는 꼴 아니냐면서. 원본인일 때보다 더 치열하게 연습해야 한대."

재생인이 되어버린 이상 그 증명의 굴레에 갇힌 것은 어쩔 수 없다는 것이었다. 새로운 삶의 시계를 작동시켜준 의뢰인의 기대에 부응해야 한다는 부담감 역시 무시할 수 없는 압박이라고 했다.

"그런데…… 지원 씨는 아버지들의 의견에 여러 모로 반대하는 쪽 아니었어?"

은호가 물었다.

"응. 이음의 밤 전까지만 해도."

"무슨 말이야?"

"첼로니 연습이니 수면이니, 결국 나와 거리를 두려는 핑계에 불과하다는 뜻."

은호는 이해가 잘 안 됐다. 나호가 말했다.

"그날 이후로 두려워진 거야. 재생인과 어울리는 것도, 손지원 자신이 재생인이라는 것도."

그러고 보니 아까 짧은 대화를 나누는 틈에도 지원은 주머니를 체크했다. 주사제가 제대로 있는지 습관적으로 확인하는 몸짓 같았다.

최근 지원은 재생인이라는 사실을 감추고 새로운 음악대학에 진학했고 대부분 일생인 사이에서만 시간을 보낸다고 나호가 말했다. 아버지들의 바람대로였다. 그러나 말이 대부분이지 실은 공나호만을 제외한 모든 일상이었다.

'공존'의 출간 기념 파티는 콰르텟의 공식 프로그램이므로 예정대로 참여하는 것이라고 했다. 콰르텟

멤버 중 재생인은 지원 한 명이었다. 그래서 파티에서는 자신이 재생인이라는 사실을 드러내서는 안 된다고 나호에게 신신당부했다고 한다. 앞으로 부작용의 확률에만 걸려들지 않는다면, 그 삶을 지속하는데 현실적인 문제는 없다는 믿음이었다.

"그리고 한 공간에 불완전한 존재는 자기 하나로 충분하고, 이미 그것만으로 벅차서 불완전한 두 사람은 감당하기 어렵대."

"그거, 자기 통제권과도 반대인 것 같은데."

불과 몇 개월 전, 재생인의 전면적 자기 통제권에 관심을 기울이며 0.001퍼센트라는 숫자의 함정을 말하고 보호자들의 위선을 비난하면서 은호에게 반박하던 모습과는 전혀 다른 지금이었다.

"대체 무슨 말도 안 되는 소리냐고 나도 화를 냈어."

그 화는 아직 완전히 가라앉지 않은 것처럼 보였다.

"지원이가 움츠러들 수밖에 없는 건 이해해. 살해당한 기억을 고스란히 안고 있다니…… 난 상상조차 안 되지만 당연히 쉬울 리 없으니까. 최악의 상황을 먼저 생각하거나 매 순간 극적인 판단을 우선으로 내릴 수도 있을 거야. 하지만 그건 나에게도 있는 두려움이고…….”

다시 침묵이 흘렀다. 나호는 말을 맺지 못 하고 제 앞의 허공만 가만히 쏘아보는 중이었다. 지원에게는 결국 '불완전한 존재'에 불과한 공나호가 내리는 결론이란, 무엇이든 모순에 도달하고 만다는 무력한 얼굴이었다.

은호는 그 무력감에만은 동의하고 싶지 않았다.

“있잖아.”

시선은 나호와 같은 눈높이의 허공을 향한 채로 은호는 나호의 손을 잡았다.

“언니는 그런 거 없다고 했지만, 나에게 공나호는 유일무이한 진짜야.”

그제야 나호는 은호를 보았다.

“고집이라고 해도 그 생각은 여전히 변함없어. 《피아니시시모》로 이미 증명했고, 앞으로도 그럴 테니까.”

# 8

## 피날레

은호는 두 개의 미니백 속을 다시 점검했다. 태블릿과 립스틱, 그리고 주사제. 두 가방 모두 내용물은 간단하면서도 같았다.

"만약에라도 잠이 쏟아지거나 피로해지면 꼭 이야기 해줘."

"알고 있어."

나호는 화장을 살피면서 준비실 거울에 반사된 은호에게 대답했다.

《피아니시시모》의 완결과 정식 출간을 축하하는 파티가 곧 시작될 예정이었다. '공존'과 협업하는 에이전시와 출판사 그리고 그 관계자와 독자, 후원자, 쌍둥이와 가까운 사람들까지 모이는 비교적 큰 규모의 행사였다. 이런 파티는 이전 작품《우리가 우리에게》출간 때가 마지막이었으니 약 4년 만이었다.

쌍둥이는 똑같은 검은색 셔츠와 연한 크림색의 팬츠를 입었다. 길고 곧은 머리카락은 장신구 없이 어깨선을 따라 부드럽고도 날렵하게 떨어져 내리도록 한 시간 전에 같은 미용사가 커트해주었다. 메이크업은 진하지만 화려함보다는 또렷함을 강조했다. 오늘 파티를 기획한 담당자는《피아니시시모》에서 영감을 얻어 악보를 콘셉트로 잡았다고 했다. 표면적으로는 누가 누구인지 구분할 수 없도록 치장한 것 역시 변함없는 '공존'의 연출이다. 오늘 두 사람은 정교하게 복제해 그린 그림 두 점처럼 똑같았다.

거울에서 돌아선 나호는 이번에는 자기가 거울이 되어 은호의 매무새를 체크해주며 말했다.

"잠이 쏟아지는 사람은 내가 아니라 공 작가님 같은데요."

상대방에게 무언가를 미루려 할 때 등장하곤 하는 호칭이었다. 쓴 미소로 은호가 답했다.

"맞아. 긴장돼서 잠을 설쳤어."

이런 행사 자체가 오랜만이기도 하고 '공존'의 변화에 관해 어떻게 이야기해야 할지도 결정을 못 내렸기 때문이었다.

반면에 지난밤 나호는 평소와 다름없이 숙면했고 지금도 긴장한 기색이라고는 없었다. 오늘은 나호가 오랜만에 지원을 만나는 자리이기도 했다. 은호가 나호의 속내까지는 다 모르지만, 적어도 겉모습만큼은 지원과의 대면을 큰 부담으로 느끼지 않는 듯 보였다. 사실 공식적인 자리에서 과감하고 뻔뻔하게 가면을 내리는 재능은, 두 사람 중 나호가 언제나 더 뛰어나기는 했다.

각자의 미니백을 어깨에 걸며 나호가 물었다.

"그런데 정말로 오늘 발표할 거야?"

"일단 영은 씨랑 먼저 상의는 해야겠지?"

"그럼 오늘만은 절대 안 된다고 할 것 같은데. 나중에 다시 이야기하자고 할 테고."

그 흐름은 은호도 예상하는 바였다. 만일 그렇게 된다면, 영은은 은호를 설득하기 위해 오늘 이후의 모든 시간을 다 바치고도 남을 담당자였다. 긴 시간

함께 해온 사람의 끈질긴 설득을 끈질기게 거절하기는 쉽지 않은 법이다.

따라서 처음부터 공개 발표를 해버리는 편이 제 의지를 더 효과적으로 전달하는 방법이 아닐까 라는 고민도 은호의 머릿속을 떠나지 않는 중이었다.

그때 준비실 바깥에서 낮고 곧은 첼로의 음색이 들려왔다. 이어서 바이올린과 비올라 소리가 차례로 겹쳐 하나의 곡으로 어우러지기 시작했다. 지원의 콰르텟이었다. 손님들이 입장하기 전 마지막 리허설 같았다.

"두 분도 준비됐나요?"

이어 노크와 함께 영은이 고개를 내밀었다. 그러고는 세상에서 가장 매력적인 한 쌍의 음표라고 추켜세우며 문을 활짝 열었다.

바깥으로 나갈 시간이었다.


"어서 와요."

회장 내부를 살피던 중 익숙한 목소리를 듣고서 돌아본 기진은, 눈앞의 상황에 순간 당황한 얼굴이었다. 당연한 반응이었다. 완전히 똑같은 모습으로

분한 쌍둥이를 정면으로 보는 일은 기진에게 처음이었기 때문이다.

기진과 마주한 순간부터 쌍둥이는 누구도 입을 열지 않은 채, 이 영원한 미스터리를 해결해보라는 표정으로 일관했다. 그를 위한 이 숙명의 장난은 지금 웃음을 참고 있는 나호의 생각이었다. 그러나 기진은 다른 손님들보다 훨씬 빠르게 평정과 정답을 동시에 찾았다.

"제 파트너를 골라야 한다면 이분인데요."

무대 위 배우처럼 과장된 몸짓으로 기진은 은호를 향해 손을 내밀었다. 정답을 인정하는 뜻으로 은호는 그 손을 가벼이 잡았다. 흑백의 드레스코드에 맞춰 격식 있게 차려입은 기진은 오늘 무척 근사해 보였다.

"그래요. 선생님한텐 안 통할 줄 알았으니까요."

김이 샌 나호가 은호의 반대편 팔짱을 차지하며 말했다.

"하지만 오프닝 동안엔 제 파트너니까 잠시만 양보해주세요."

산뜻하게 손을 흔들어주는 기진에게 나중을 약

속하고서 은호는 나호에게 이끌려갔다. 초대받은 손님과 그들의 동행까지 새로운 얼굴이 회장으로 계속 밀려드는 중이었다.

회장은 정중앙에 널찍한 계단이 놓인 복층구조로 고층 복합빌딩의 최상층이었다. 출입구가 있는 아래층도, 그곳을 한눈에 내려다볼 수 있도록 발코니로 둘러싸인 위층도 내빈들로 천천히 채워져 갔다.

입장한 손님들은 똑같은 모습으로 연출된 쌍둥이에게 먼저 한 번 감탄하고, 다음으로는 나호가 재생인이라는 사실에 새삼 한 번 더 그랬다. 재생인과의 대화는 처음이라며 신기해하는 초대객도 있었다.

그중에는 에이전시에서 전략적으로 초청한 이들도 있었다. 지금껏 '공존'에게 관심이 적었거나 나호의 복귀를 냉소적으로 바라보는 출판계의 영향력 있는 관계자들이 그러했는데 지난번의 그 리포터 역시 명단에 포함이었다.

어느새 쌍둥이와 함께 움직이고 있는 영은이 먼저 리포터에게 알은체를 했고 나호도 이어서 인사를 전했다. 물론 진심 여부는 알 수 없었지만 리포터는 반색하며 《피아니시시모》의 완성을 아낌없이 축하해주었다.

인사와 인사가 이어지고 축하와 웃음이 뒤섞이며 회장 분위기는 파티에 어울리게 무르익어갔다. 나호는 내내 활기찼고, 은호도 기분이 조금은 가벼워져 피로감은 점차 잊었다.

그렇게 전부 기억하지는 못할 꽤 많은 숫자의 사람들과 인사를 마치고 난 뒤에야 쌍둥이는 각자의 자유 시간을 허락받았다.

곧 공연 중에만 단차를 만드는 임시 무대가 1층 중앙에 떠오르기 시작하자 사람들이 주변으로 원을 이루며 비켜섰다. 축하 연주 시간이었다.

은호와 기진은 임시 무대에 공간을 내준 탓에 다소 붐비기 시작한 아래층을 벗어나, 중앙 계단을 따라 올라가 2층 왼편 발코니에 자리를 잡았다.

회장 전체가 한눈에 들어왔다. 나호는 무대에서 그리 멀지 않은 곳에 서 있었고, 영은은 바로 맞은편 발코니에 다른 손님과 함께였다.

박수 소리와 함께 콰르텟이 각자의 악기를 들고 그 무대에 올랐다. 지원을 포함한 네 명의 연주자는 디자인에 서로 차이랄 게 없는 심플한 검은색 연미

복에 흰 셔츠로 드레스코드를 맞췄다. 대열을 갖추자 네 사람은 청중을 향해 가볍게 묵례하고 바이올린 주자의 신호에 따라 연주를 시작했다.

콰르텟은 《피아니시시모》에도 등장하는 곡이자 널리 알려진 고전 실내악으로 세 곡을 연주했다. 솔로 파트 없이 모든 악기의 균형이 중요한 곡들이었지만, 은호는 첼로 음색에 특별히 귀를 기울여 들었다.

지원의 소리는 무뚝뚝한듯하면서 과감하고, 잘 드러나지 않는듯하면서도 풍성했다. 양 극점의 매력을 자유로이 넘나들면서도 균형을 잃지 않는 첼로 음색에 은호는 금세 마음을 빼앗겼다. 언어라는 수단이 그리 중요하지 않게 느껴졌다던 기진의 감상 그대로였다. 무대 바로 곁의 나호 역시 지원의 연주에 빠져들어 있었다.

무대 위의 지원은 그곳이 마치 제집인 것처럼 편안해 보였다. 나호에게 들었던 존재의 불안을 겪는 사람과 동일 인물이라고는 믿기 어려웠다. 그건 지원이 음악만큼은 그런 두려움을 잊을 정도로 사랑한다는 증거일 것이다. 지금 지원은 음악 그 자체였다. 나호가 이야기 그 자체이듯이.

연주가 모두 끝나고 박수가 아래층을 물결처럼 덮을 때, 은호는 맞은편의 영은과 눈이 마주쳤다. 그리고 그만 자신의 결정을 영은에게 이야기해야겠다고 마음을 굳혔다.

기진은 아래층으로 돌아가 지원과 인사하겠다며 자리를 비켜주었다. 은호는 곧장 맞은편 발코니로 향했다. 영은은 마침 잘 됐다는 듯 손짓하며 은호를 끌어당겼다.

"작가님 이리 와요. 안 그래도 한 대표님과 '공존'의 차기작 종이책 제작 후원 이야기를 하던 중이었어요. 좀 빠르긴 하지만 새 작품, 조금만 귀띔해줄 수 있어요?"

은호는 어색한 미소로 한 대표라는 사람에게 잠시 양해를 구해야 했다. 긴히 상의할 내용이 있다는 말에 영은은 의아해하면서도 은호를 따라 다용도실로 따라갔다. 중앙 계단을 올라오면 바로 앞으로 뻗어 있는 짧은 복도의 왼쪽 방으로 콰르텟이 탈의실로 사용한 공간이었다.

문을 닫고 바깥 소음이 차단되자마자 은호는 새로운 작품은 오롯이 나호의 몫이라는 뜻을 전했다.

영은의 얼굴은 생각보다 빠르게 굳어갔다. 그리고 아주 단호하게 고개를 저었다.

"안 돼요, 작가님."

"이야기했듯이 차기작은 나호 언니가 준비 중이에요. 처음부터 끝까지 공나호가 쓴다는 사실 말고는 차이가 없는데…… 아니 어쩌면 완성도는 훨씬 뛰어날 거예요. 더 이상 저와 보폭을 맞출 필요가 없으니까요."

"완성도 문제가 아니에요."

영은은 어떤 말에도 설득당하지 않을 것처럼 완고했다. 오히려 자기가 답답하다는 얼굴이었다.

"제가 이런 이야기까지는 하지 않으려 했지만, 지금은 어쩔 수 없네요. '공존'이 현재 '공존'으로 지속 가능한 이유는 은호 작가님 때문이에요. 작가님이 일생인이라서라고요."

"그게 가장 중요하다고 생각한 독자라면 이미 떠났을 거예요."

"그래요. 그리고 저는 앞으로 떠날 독자에 대해 지금 말하는 거고요. 그런데 독자만이겠어요? 거래처는요? 후원자들은요? 이런 시대에 예술이라는 사치에 기꺼이 자본을 허락하는 건 그들이에요. 세상에, 평론가는 또 어떻고요. 그러니까 나호 작가님을 위해서라도 이러시면 안 돼요."

은호는 잠시 입을 다물었다.

"소속 작가가 계약 기간 내 사망하면, 재생인이 된 후 기존 계약 이행은 유지돼요. 문제는 재계약이죠. 회사는 재생인 예술가와는 계약을 연장하지 않을 거예요. 철저히 사업전략 차원에서요. 그건 우리뿐 아니라 어디든 마찬가지일 테고요."

에이전시에게 나호는 공나호가 아니라 재생인이었다.

"당장 차기작 정도는 반응을 얻을지도 모르죠. 하지만 제 경험상 유효기간은 길지 않아요. 예정된 그 길을 가시라고는 못 해요."

"나호 언니라면 분명……."

"하나만 더 물을게요."

영은이 은호의 말허리를 잘랐다.

"소설을 버릴 만큼 중대한 뭔가라도 생겼나요?"

여기서 알려지지 않은 재생인의 소설을 찾아내 읽는 미래에 대한 이야기를 꺼내는 것은 무용할 것 같았다. 은호는 말을 아끼기로 했다.

"더 이상 내 것이 아닌 옷을 벗으려는 것으로 이유는 충분한 것 같은데요. 이제는 소설 바깥의 세상도 더 알고 싶고요."

그런 한가한 소리는 이유가 될 수 없다는 표정으로 영은은 은호를 바라보았다. 진전이 없을 대화였다. 은호는 여기서 언쟁을 벌이는 것보다는 나은 시간을 보내고 싶었다. 모처럼의 파티다.

"충고는 알았어요. 나중에 다시 이야기해요."

"작가님이 최근 여러 재생인의 영향을 받은 건 이해하지만 부디 신중하세요. 작가님은 '공존'의 안전장치라고요."

영은은 하고 싶은 이야기가 훨씬 더 남은 것 같았지만 잠시 추스른 뒤 먼저 다용도실을 나갔다. 은호도 매무새를 한번 정리하고 나가려 할 때였다. 문밖에서 나호의 목소리가 들려왔다.

"아니, 그건 변명이야. 그렇다고 네가 선생님을 그런 식으로 무시할 이유는 안 돼, 손지원."

은호는 문손잡이를 당기려다 멈췄다. 나호의 목소리는 그리 크지 않았지만 어조가 격양되어 있었다.

이 문 바로 바깥에 지원과 함께 있는 모양이었다. 아무래도 다툼 중인 것 같아 그 중간에 문을 열고 모습을 드러내기는 꺼려졌다.

"알아. 안다고. 하지만 너 방금 선생님에게는 정말 무례했어."

나호가 말하는 선생님은 기진일 것 같았다.

"아무리 이래도 네가 일생인이 되는 건 아냐. 평생 그런 연극을 하면서 살 수 있을 것 같아?"

아마 콰르텟의 다른 멤버에게 자신이 재생인임을 드러내지 않기 위해 기진을 피한 모양이라고 은호는 생각했다.

마음이 착잡해졌지만 잠시 이대로 있는 게 낫겠다고 생각할 때였다. 다용도실 문이 휙 열리며 지원이 들어왔다.

놀란 지원은 은호와 눈이 마주치자 멈칫하더니 곧장 돌아서 나갔다. 뒤따르던 나호도 안에 누군가 있었다는 걸 알고 놀랐다.

그래도 결국 들어오는 쪽을 택하며 난처함과 미안함이 섞인 얼굴로 물었다.

"우리 얘기…… 들었지?"

"조금."

"여기서 뭐 하고 있었는데?"

"아까 영은 씨랑 잠깐 이야기하느라."

나호의 눈이 동그래졌다.

"……그래서?"

"예상했던 대로지, 뭐."

은호는 영은과의 대화를 간추려 말했고, 나호는 방금 아래층에서 있었던 이야기를 들려주었다. 은호의 추측이 맞았다. 인사하러 다가가서 연주에 대한 감상을 전하는 기진을 지원이 드러내놓고 외면했다.

어느 쪽도 파티의 들뜬 분위기에 어울리는 내용은 아니었다.

"이거…… 여러모로 최후의 파티가 되어버린 것 같은데."

나호가 중얼거렸다.

그렇다고 파티의 주인공 두 사람이 언제까지고 여기에 있을 수만은 없는 노릇이었다. 그만 나가자고 하는 은호에게 나호는 아주 조금만 더 머리를 식힐 테니 먼저 가보라고 했다.

다용도실을 나와서 은호는 파티 음악과 사람들의

156

웅성거리는 소리 속으로 돌아왔다. 씁쓸함은 잠시 감춰두고 다시 가면을 내려야 할 시간이었다. 아래 층으로 내려가 기진부터 찾자고 생각할 때였다.

"공나호 씨?"

등 뒤에서 들려오는 목소리에 은호는 반사적으로 돌아보았다. 제 이름은 아니었지만 이쪽을 부르는 것만은 분명했기 때문이다.

두 눈을 제외한 안면을 모두 덮는 장식 없는 검은색 가면을 쓴 누군가가 은호와 다용도실 입구 사이에 서 있었다. 비유가 아니라 진짜 가면이었다. 가면 쓴 사람은 특별한 개성 없는 연미복을 입었고 쌍둥이보다 큰 체구였다. 옷차림만으로는 누구인지 전혀 짐작할 수 없었다. 지금 이 회장에 비슷한 연미복을 입은 손님은 이 사람 말고도 서른 명은 더 있을 것이었다.

"누구시죠……?"

은호가 미심쩍게 물었다. 가면 쓴 사람이 은호를 향해 여유 있는 걸음으로 다가오기 시작했다. 잘 닦인 구두가 조명에 빛나 반짝거렸다. 드레스코드에는 색깔만 지정되어 있으니 가면 쓸 자유가 없는 것은

아니었지만, 눈구멍으로 뚫린 어두운 동공이 기분
나쁘게 서늘했다.

순간 이음의 밤에 기진과 나눈 대화가 떠올랐다.
명단에 가짜 이름을 남겨두고 입장하는 불청객. 그
러나 오늘은 모두 정식으로 초대받은 사람들만 모
인 자리였고, 은호는 순간 더 섬뜩해졌다.

아니나 다를까 마치 악수라도 청할 것처럼 다가
온 가면 쓴 사람은 아무렇지도 않게 옷 안에 준비해
둔 나이프를 꺼냈다. 즉시 도망치려 했지만 은호는
순식간의 그의 한쪽 팔 안에 결박되었다.

가면 쓴 사람은 자신이 누구인지 드러낼 생각은
없다는 듯 더 이상 목소리를 내지 않았다. 나호의
이름을 불렀던 그 목소리가 어땠는지 은호는 이미
잊어버렸다. 분명한 것은 연미복만큼이나 두드러짐
이 없는 목소리라는 것뿐이었다. 마치 그것을 계산
하기라도 한 것처럼.

조용히 하라는 협박은 날카로운 나이프 끝을 은
호의 눈앞에 바짝 당겨오는 것으로 충분했다. 가면
쓴 사람은 은호를 붙든 채 다용도실 방향으로 천천
히 뒷걸음질했다. 모두의 시야가 닿는 중앙 계단 위

에서 최대한 멀어지려는 의도 같았다.

다용도실로 들어가려는 것일까. 거기에는 아직 나호가 있다. 상황을 맞닥뜨린 나호와 함께 가면을 제압할 수도 있겠지만, 생각대로 되지 않는다면 거기에 나란히 고립될 가능성도 무시할 수 없다.

"어디로 가는 거예요? 이 자리로 충분하잖아요?"

은호가 목소리를 내자 가면은 강한 팔의 힘으로 은호의 목을 더 압박했다.

"당신에게 표식은 자랑스러운 일 아닌가요? 그렇다면 관객이 많을수록 좋을 텐데요."

질식감에 잔기침을 뱉으면서도 은호는 시간을 벌기 위해 고집스럽게 말했다. 그러나 가면은 위협 섞인 쉿 소리를 내며 은호를 점점 더 복도 안쪽으로 잡아끌 뿐이었다.

그때였다. 다용도실 문이 먼저 열리며 나호가 모습을 드러냈다.

순간 쌍둥이도 가면도 동시에 제자리에 얼어붙었다. 그리고 은호는 가면 쓴 사람이 현재 혼란에 빠졌음을 알았다.

가면은 처음 은호를 나호라고 불렀으며 은호는

자신이 맞는다고 확답하지 않았다. 가면은 아까 지원과 함께 이곳으로 왔던 쌍둥이 중 하나를 당연히 나호라 판단했을 테고, 먼저 그 방 안에 있던 은호에 대해서는 모르던 채로 나호라고 착각한 것이었다.

그는 뒤늦게 제 판단을 의심하는 중이었다. 표식을 남겨야 할 재생인은 두 사람 중에 어느 쪽인지.

대략의 흐름을 파악한 나호가 입을 열었다.

"재생인을 찾는다면 그건 나야."

무모한 행동은 그만두라 하고 싶었으나 은호는 더이상 목소리를 낼 처지가 아니었다. 나이프의 측면이 왼쪽 얼굴에 차갑게 밀착해 있었기 때문이다. 그러나 가면은 분명 동요하고 있었다. 오히려 나호가 더 침착해 보였다.

"그리고 한 가지 묻고 싶은 게 있는데, 지금 소리를 지르는 편이 나을까, 아니면 연방경찰에 신고하는 편이 나을까?"

침묵의 불청객을 향해 나호가 물었다. 회장 내 사람들은 2층의 안쪽에서 생겨난 위태로운 잡음을 전혀 눈치채지 못하는 중이었다. 아래층에서는 유쾌한 웃음소리가 들려왔다.

"나는 신고 쪽이 낫다고 생각해. 만일 소리를 지른다면 이 미션을 실패하고 싶지 않은 당신은 아마 더 조급해지겠지. 그렇다면 누군가 달려오기 전에 확신도 못한 채 표식을 남겨야 할 거야. 우연히라도 맞았다면 자랑스럽겠지만, 아니라면 이렇게까지 준비한 것 치고는 꼴만 우스워지지 않겠어?"

가면은 나호의 말을 예민하게 경청하는 중이었다.

"하지만 신고하면 경찰이 도착하기까지 그보다는 시간이 걸릴 테니, 판단의 여유도 생기겠지? 만일 판단이 성가시게 됐다면 협상을 할 수도 있겠고."

침묵이 흘렀다. 실제로는 몇 초에 불과했겠지만 은호에게는 마치 영원 같은 시간이었다.

은호는 얼굴 바로 곁의 나이프를 흘긋 바라보았다. 여전히 초점조차 안 잡힐 정도의 가까운 위치였지만 더 이상 피부를 누르고 있지는 않았다. 어느새 칼끝은 은호의 얼굴이 아닌 천장을 향해 있었다.

그의 주의가 흐트러졌다.

순간 은호는 있는 힘껏 팔꿈치로 가면의 복부를 타격했다. 일단 그의 손아귀에서 풀려난 후 그다음을 생각할 작정이었다. 그러나 그 자유는 찰나였다.

가면은 아주 잠시 중심을 잃었을 뿐, 중앙 계단으로 달려가는 은호를 순식간에 따라잡아 다시 그의 팔 안에 가두는 데 성공했다.

은호는 가면과 중앙 계단 가장 위, 모서리에 아슬 아슬하게 발을 디딘 채였다. 2층의 발코니는 물론 아래층 모두의 시야가 그대로 닿는 곳이었다.

"멈춰! 내가 공나호라니까!"

더 이상 목소리를 낮출 이유가 사라진 나호가 가면에게 소리쳤다. 회장 내 사람들의 시선도 계단 위로 일제히 집중되었다. 놀람과 경악이 삽시간에 회장을 뒤덮었다.

이렇게 되어버린 바에야 가면은 은호의 말대로 표식이라는 의식을 공개적으로 감행할 작정 같았다. 마치 여기를 보라는 듯이 은호를 바싹 당기며, 칼날이 은호의 왼쪽 얼굴을 정면으로 향하도록 나이프의 방향을 틀었다. 이제 품 안에 갇힌 상대가 쌍둥이 중 누구인가는 관심 밖인 듯했다. 중요한 것은 표식 자체였다.

은호는 다시 한번 벗어날 기회를 노리고 싶었지만 선 곳이 하필 계단 최상층의 모서리였다. 자신이든 가면이든 중심을 잃는다면 그대로 추락이다. 지금 나호가 섣불리 다가오지 못하는 이유이기도 했다.

"그만하죠."

그때 기진의 차분한 목소리가 동상처럼 굳어버린 사람들의 틈에서 들려왔다. 아래층이었다. 기진이 아주 천천히 계단으로 다가서는 중이었다.

"누구인지 확신도 없을 텐데요. 아닙니까?"

가면에게 말을 걸면서도 기진의 시선은 은호를 향해 있었다. 괜찮다고, 불안해하지 말라는 듯이. 그러나 그 일시적 안도감이 공포를 완전히 밀어내주지는 못했다.

어느덧 피부 위에 슬며시 내려와 앉아 있는 나이프가 느껴졌다. 아까처럼 측면의 차가움이 아니라, 온도 같은 건 알 수 없는 칼날의 예리한 날카로움이었다. 가면이 그 오른손에 아주 조금만 더 힘을 싣는다면 곧 고통이 엄습할 차례였다.

"당신이 손해 보지 않을 제안을 한 가지 하죠. 그 표식 내게 해요. 나는 틀림없는 재생인이니까."

조금은 조급해진 기진이 계단 첫 번째 턱을 오르며 가면을 향해 말했다.

"말도 안……."

이번에는 기진이 은호가 말할 틈을 주지 않았다.

"어때요. 적어도 그 확률보단 이게 나을 겁니다."

가면이 기진의 제안을 아주 잠깐이라도 고려했는지 아닌지 은호는 알 수 없었다. 그를 비로소 주춤하게 만든 것은 기진이 아니라 현악기가 길게 한 번 보잉하는 소리였기 때문이었다.

그야말로 갑작스럽게 끼어든 알람 같은 날카로운 고음이었다.

아래층의 임시 무대 아래였다. 그 소리를 낸 사람은 복잡한 표정으로 이 위를 올려다보고 있는 지원이었다. 지원의 손에는 어째서인지 자신의 악기가 아닌 비올라가 들려 있었다. 가면은 그 악기를 뚫어져라 쏘아보았다.

은호는 순간 주사제를 떠올렸다. 이런 용도를 위한 것은 아니지만 현재로서는 가면을 무력하게 할 다른 방법은 없었다. 미니백은 어깨에 사선으로 걸쳐진 가느다란 끈 아래 허리께에 있다. 은호는 당장 손을 움직였다.

그 손놀림을 알아챈 가면은 즉시 미니백을 잡아

164

당겼으나 주사제를 꺼내는 은호의 움직임이 아주 조금 더 빨랐다. 그러나 급작스럽게 이어진 밀고 당김은 아슬아슬하던 은호와 가면의 균형을 한 번에 무너뜨리고 말았다.

가면은 발이 미끄러지는 찰나에도 나이프를 쳐들었다. 은호는 말도 안 되는 이 난동이 부디 이것으로 끝나기를 바라며 그의 목에 주사제를 찔러 넣었다. 이윽고 두 사람의 몸은 한 덩이가 되어 기울었다.

"안 돼!"

나호의 비명이 들려왔다.

몸에서 힘이 완전히 빠져나간 가면과 함께 추락하는 순간이었다. 은호는 달려오는 나호를 향해 반사적으로 손을 뻗어보았으나 이미 닿을 수 없는 거리 같았다. 오히려 다행이라고 생각했다. 잘못했다가는 나호까지 엉켜 추락할 수 있다.

은호는 그만 체념하며 눈을 감았다.

아래층에서 연달아 비명이 터져 나오며 세상이 뒤틀리고 전신을 강타하는 충돌이 이어졌다. 가면과 하나로 뒤엉킨 채 아래층으로 굴러떨어지면서 어쩌면 이걸로 제 운은 다했을지 모르겠다고 각오했다.

**165**

모든 흔들림이 끝난 다음, 은호는 온몸에 녹아 있는 고통을 고스란히 느끼며 눈꺼풀을 열었다. 경악한 사람들의 목소리가 가까워져 있었고 왼쪽 허리가 타는 듯이 아팠다. 하얗던 옷이 피로 물들어 축축해져 있었다. 가면이 휘두른 나이프가 허리를 스쳐 벤 것이었다.

"조금만 버텨요. 조금만. 구급차가 와요. 둘 다 괜찮을 거예요. 날 믿어요. 알겠죠?"

침착하려 애쓰는 기진의 목소리였다. 그가 자신을 지혈하는 중이었다. 둘 다라뇨? 은호는 묻고 싶었으나 목소리가 나오지 않았다.

저쪽 앞에는 의식 없이 쓰러져 있는 가면이 보였다. 은호에게서 최소한 열 걸음은 먼 곳이었다. 머릿속이 여전히 빙글빙글 도는 중에도 한 덩이로 엉켜 추락한 것치고는 거리가 꽤 떨어져 있어서 은호는 이상하다고 생각했다.

그렇다면 나와 겹쳐 쓰러졌던 건……?

은호는 제발 아니기를 바라는 마음으로 가까스로 반대 방향으로 고개를 돌렸다. 그리고 이내 완전히 정신을 잃었다.

자신의 바로 곁에 의식을 잃고 쓰러져 있는 사람은 추락하기 전 그 손이 닿지 않기를 바랐던 나호였다.

 가면 쓴 사람의 정체는 콰르텟의 비올라 주자였다. 의식을 되찾은 후 그는 처음부터 이 일을 위해 축하 연주 초청에 응한 것이라고 자백했다. 그러나 처벌은 집행유예와 벌금형으로 그쳤다. 결과적으로 초범에 과실이었다는 사유였지만, 피해자가 재생인인 일생인의 범죄는 지나치게 관대한 처분을 받는 것이 보통이었다.

 가면은 자신이 처음 공나호를 불렀을 때, 은호가 정확히 부정하지 않았으므로 자신은 나호를 특정하여 공격했다는 진술을 끈질기게 고집했다. 범행의 대상이 재생인이어야 형이 가벼워짐을 계산한 것이었다.

 시우를 중심으로 재생인들이 탄원서를 모으고 목소리를 냈으나 오히려 역효과였다. 여론의 표적은 과격한 재생권 반대자가 아니라 '일생인에게 재생인용 주사제를 사용한 분별력 없는 공나호'로 어느덧 변해 있었기 때문이다.

 주사제의 소유주로만 보자면 그건 사실이었다. 가

면에게 사용된 주사제의 라벨은 공나호의 보호자용
이 아니라 공나호 자신에게 직접 처방된 것이었다.
파티가 시작되기 전, 내용물이 완전히 같은 미니백
이 서로 바뀐 줄 모른 채로 챙겨 생긴 일이었다.

가까스로 놓치지 않은 은호를 끌어안은 채로 추
락했던 나호는 팔과 다리에 큰 골절을 입었다. 그러
나 출혈로 인해 며칠 사경을 헤맸던 은호보다는 먼
저 의식을 회복했고, 사용된 주사제가 본인 것이라
는 결과에 이의를 제기하지 않았다. 만일 파티에 콰
르텟을 초대하지 않았다면 처음부터 일어나지 않았
을 일이라는 자책감이었다. 나호는 이 일을 자신의
책임으로 끌어안으려 했다.

다소 뒤늦게 회복하게 된 은호는 사실을 바로잡
고자 했다. 그러나 이미 단단한 형태를 갖춘 나호를
향한 부정 여론은 변할 줄을 몰랐다. 공나호는 비난
받아 마땅한 재생인으로 오래도록 소비되었다.

사람들은 무엇부터 잘못되었는지 또는 어떤 것이
진실인지는 구태여 알고자 하지 않았다. 그저 비극
의 주인공이 대신 희생을 치러줄, 빠져들 만한 극적
인 이야기 하나가 필요할 뿐인 것 같았다.

# 9

## 재회

"그땐 정말이지 아찔했어요."

눈앞이 캄캄해지던 그날을 상기하며 기진이 중얼
거렸다. 마찬가지라는 듯 은호는 가벼운 한숨을 뱉
었다.

모노레일이 노선의 끝에 가까워지며 바깥은 조
금씩 더 환한 빛으로 물들어갔고 눈발도 가벼워지
는 중이었다.

"그리고 이제 와 소용없는 말이겠지만, 그때 은호
씨의 마음이 진심이었다고는 생각하지 않았고요."

당시 '공존' 사건이 어느 정도 잠잠해지고 몸을

추스른 후, 은호는 기진에게 이별을 고했다. 자기에게 주어진 재생인에 대한 책임의 무게는 나호 하나로 충분하다는 이유였다.

시간을 두고 다시 생각해달라는 기진에게 은호는 어느 때보다 냉정하게 말했다. '내 생각은 바뀌지 않아요. 결국 나도 다른 일생인과 마찬가지인 거예요. 바라지 않았던 두려움이 생겼어요. 그러니까 여기까지예요.'라고. 기진이 붙잡을 여지는 조금도 허락하지 않았다.

사건 이후 '공존'의 모든 활동은 끝났다. 은퇴도 재계약도 필요 없이 자연스레 그렇게 되었다. 당연히 새로운 작품도 없었다.

어느 무명 출판사에서 공은호의 이름으로 소설이 한 편 발표된 것은, 그로부터 10년의 세월이 흐른 뒤였다. 여전히 '공존'을 기억하는 사람들의 일부는 환영했고 일부는 가차 없이 외면했다. 이듬해 다른 신간을 발표했을 때야 비로소 비난 여론보다 고정 독자의 응원이 조금 더 선명해졌다. 기진도 그 가운데 하나였다.

단독 복귀한 은호는 소설만 발표할 뿐 인터뷰를

포함한 다른 활동은 일절 하지 않았다. 처음에는 미온적이기만 하던 업계도 조심스럽게 분위기를 살피면서 차차 긍정적 평가를 내놓기 시작했다.

결국 공은호의 신작은 출간될 때마다 작품 자체로 인정받았고 독자도 점차 늘어갔다. 지난해에는 연방에서 가장 권위 있는 상도 수상했다.

독자 대부분의 공통된 의견은 이러했다. 공나호라면 기대하지 않았겠지만 공은호라서 읽는다는 것. 그 작품의 진실성을 믿는다는 것. 여전히 일생인의 작품을 더 신뢰한다는 근거였다.

"14년이나 흘렀는데 세상은 크게 안 달라졌어요."

"여전히 재생인에게는 덜 관대한 기준을 요구하니까요."

작가의 푸념에는 기진도 동의했다.

이제 모노레일 안에는 다른 승객들도 이곳저곳에 자리를 지키고 있었다. 종착역도, 그 앞 역도 도착이 그리 멀지 않았다. 기진은 그만 대화를 마무리해야겠다고 생각했다.

"아무튼…… 건강해 보여서 좋아요. 만약 부작용으로 센터에 방문했다면 저도 어떻게든 알게 되었을 텐데. 그런 소식은 못 들었으니까요. 다행이에요."

기진의 말에 은호는 어색한 웃음으로 대꾸했다.

"꼭 나호에게 이야기하시는 것 같은데요?"

"나호 씨니까요."

기진이 눈을 맞추며 말했다. 구분하지 못할 리 없다는 확신의 시선으로. 조금은 뻔뻔해지는 데 성공했는지도 모른다.

잠시 말을 잃었던 작가는 침묵의 끝에서 느릿하게 입을 열었다.

"제 연기가 여전히 부족한 걸까요, 아니면 선생님의 눈썰미가 변함없는 걸까요."

"둘 다 아니에요."

"어서 말해주세요. 어떻게 아셨는지."

처음부터 나호일 것 같다고 짐작은 했지만 분명하게 확신한 부분은 여기였다.

"우리는 어느 면에서 모두 연기자로 살아가는 중이다."

"……네?"

"은호 씨에게는 이 말을 한 적이 없거든요."

오직 센터의 프로그램에서만 하는 이야기였다.

그리고 은호에게는 일부러 하지 않은 말이기도 했다. 피할 수 없는 여러 모순에도 불구하고, 모든 순간에 진실하고 싶었던 상대였기 때문이었다.

나호는 항복의 뜻으로 작게 웃었다.

"선생님의 기억 속에 존재하는 은호를 캣의 언어로 표현하려면 무척 복잡하고 긴 패턴이 될 것 같아요. 쉽게 흉내낼 수 없는."

아마도 그럴 것이다.

"이번에도 제가 졌네요. 그리고 아까 선생님 말씀으로 돌아가자면…… 생각하신 게 맞아요. 그때 은호의 고백은 진심이 아니었어요. 온갖 비난으로 고통스러워하는 저를 눈앞에 두고, 선생님과의 행복을 바라는 마음은 은호에게 이율배반이었을 거예요."

"알고 있어요."

기진은 이어 조심스럽게 물었다.

"그래서…… 은호 씨는 잘 지내고 있나요?"

매년 집필 활동을 이어가고 있으니 그걸로 이미 답일 수 있지만 충분하지는 않았다. 쌍둥이를 구분해야 하는 미스터리에서는 벗어났어도 아직 시원하지 않은 무언가가 남아 있었다.

"실은, 선생님 무대를 보러 갔었어요. 은호."

"정말요?"

그건 전혀 생각도 못 했던 사실이라 기진은 되묻지 않을 수 없었다.

"네. 저도 몇 번은 동행했고요. 물론 끝나고 바로 빠져나오긴 했지만요."

공연 중인 무대에서 객석은 제대로 보이지 않기 때문에 관객이 일부러 남아 기다려주지 않는 한 당연히 마주할 기회는 없다. 기진은 아쉬운 마음을 숨기지 않았다.

"한 번쯤 인사라도 해줬으면 좋았을 텐데요."

"뭐…… 선생님도 한 발 멀리서 공은호의 소설을 계속 읽어주신 것과 마찬가지였다고 해둘까요."

마치 그럴 수 없는 사정이라도 있었던 것처럼 변명하다가 나호는 뜻밖의 제안을 했다.

"그럼 오늘이라도 같이 가시겠어요? 연습에 조금 지각하셔도 괜찮다면요. 이건 은호도 무척 기뻐해줄 것 같은데."

"……네?"

기진은 이번 정차에 내릴 차례였다. 게다가 나호

는 지금 장례식에 가는 중이라고 했다. 그런데 갑자기 은호를 만나러 가자는 이야기는 앞뒤가 어울리지 않았다.

그 순간, 시원하지 않던 무언가의 윤곽을 기진은 어렴풋이 알아차리고 말았다. 등줄기가 서늘해졌다. 이것만은 제 예감이 부디 빗나가기를 바랐다.

나호도 기진의 생각을 읽었는지 살며시 고개를 내리며 말했다.

"오늘은 물건을 정리하러 가는 길이에요. 사실 장례식은 그제 끝났어요. 은호의…… 장례식이요."

몇 년 전, 은호는 치명적인 혈액 질환을 얻었다고 나호가 말했다. 투병 중 은호는 두 사람이 쌍둥이라는 것을 전혀 알 수 없을 만큼 모습이 많이 변했다고 했다. 2년 전부터는 혼자 외출하기도 어려워져 기진의 무대를 보러 갈 때도 나호가 동행해야만 했다. 은호는 재생을 고려하지 않았으며 바로 닷새 전 나호의 곁에서 영면에 들어갔다.

기진은 잠시 마음을 추스르며 눈을 감았다.

드물게 오르는 무대에 작은 역할로 분한 자신을 보러 와주었을 은호와 고통 속에서도 결국 새로운 작품을 쓰고 또 써 내려갔을 은호의 모습을 차례로 그려보았다. 그러나 잘 되지 않았다. 기진의 기억에는 그만 독자로 돌아가고 싶다며 눈을 반짝이면서 자신의 새로운 미래를 기대했던 은호만이 더없이 선명했다.

변화란 모든 존재에게 공평한 속성이라고 해도, 그것이 죽음을 바로 앞에 둔 은호의 선택으로는 꼭 맞지 않는다는 느낌이 들었다. 숨겨진 다른 이야기가 있을 것 같았다.

목적지였던 역에 모노레일이 멈추고 문이 열렸지만 기진은 내리지 않고 물었다.

"언제였나요. 은호 씨가 아프기 시작한 때가요."

기진의 애도를 잠잠히 기다리던 나호는 오래전부터 그 질문에 대답할 준비가 되어 있던 사람처럼 말했다.

"발병은 4년 전이었어요."

역시 그랬다. 오랜 공백 후 공은호의 이름으로 새로운 소설이 발표된 시점이었다.

"선생님은 벌써 짐작하신 거죠?"

나호가 확인하듯 물었다.

"어쩌면요."

"맞아요. 은호는 바람대로 《피아니시시모》 이후로 글을 쓰지 않았어요. 소설을 쓴 사람은 저예요."

일생인의 빛나는 업적이라는 평가를 얻어낸 그 작품들은, '공존'이나 공나호의 이름으로 발표할 수 없었던 지난 10년의 공백에 나호가 집필한 소설이었다.

그리고 4년 전 기진의 어느 무대를 보고 돌아온 날, 은호는 제게 남은 시간을 헤아리며 나호에게 제안했다. '언니가 싫은 게 아니라면 내 이름을 빌려 써줘.' 라고.

"저는 처음엔 반대했지만, 은호는 공나호라는 이유만으로 받아들여지지 않는 제 소설을 이렇게 가라앉혀둘 수 없다고 했어요."

그래서 경계선을 지우는 연극을 위한 새로운 필명을 건넸다. 은호는 누구보다 가깝고도 충실한 독자로서 수면 아래 잠들어 있는 재생인의 소설을 건져 올려 내기로 했다.

연극이 끝나는 동시에 모두가 이 연극의 일부로 존재했음을 깨닫고 짙디짙은 경계선을 대면하지 않을 수 없도록.

종착역을 알리는 안내 방송이 흐르자 나호는 느슨하게 풀어두었던 머플러를 다시 여미며 일어섰다. 마지막 무대를 끝낸 배우처럼, 씁쓸함과 후련함이 공존하는 얼굴이었다.

〈끝〉

## 작가의 말

맨 처음 이 이야기는, 공주 이야기를 재해석하는 단편 청탁으로 〈잠자는 숲속의 공주〉를 다시 쓰기 하려다 시작되었다.

이런 변주를 생각했다. 주인공인 공주는 한 사람이 아닌 쌍둥이인데 만일 그 중에 한 사람이 잠들었다면? 그 공주를 잠에 빠지게 한 것이 마녀의 물레가 아니라 타자기였다면? 잠들지 않은 공주가 위기에 처해 잠든 쌍둥이 공주를 어떻게든 깨워야만 했다면?

하지만 하나둘 뼈대를 세워가는 과정에 〈잠자는

숲속의 공주〉의 색깔은 조금씩 희미해졌고, 결정적으로 단편으로는 맺을 수 없는 분량으로 점점 가지를 뻗어나갔다. 결국 한편의 독자적인 이야기가 될 운명이었던 것 같다.

책에 관한 책, 특히 이야기에 대한 이야기를 좋아한다. 서사시, 구전 설화, 오페라, 연극, 소설, 만화, 영화 등 우리가 이야기를 들여다보는 창문의 형태는 때마다 변하더라도 이야기 자체는 사라지지 않는다는 점까지 포함해서.

물성을 가진 책만 생각해도, 한때 전리품으로 약탈하거나 당하기도 하고, 불온한 것으로 여겨져 태워지거나 금지당하는 등의 위기는 늘 있었다. 그래도 여전히 존재하는 것은 물론 책을 벗어나 다른 장르로도 부지런히 재구성된다. 이야기가 선사하는 감격은 어떤 자원으로도 대체 불가능해서가 아닐까.

당장 일이십 년 후 지구의 안위가 염려되는 이 시점에, 먼 미래의 있을지 없을지도 모를 소설을 둘러싼 이야기라니 사실 지나친 낭만인지도 모르겠다. 하지만 쓰는 행위를 통해 상상하지 않는다면,

그 낙관을 어디에서 발견해야 좋을지 막막했음을 고백해본다. 사실 챗GPT에게도 물어보았다. 우리가 인간을 복제하는 그런 시대에 살아도 소설이란 걸 읽고 있을까? 인공지능의 대답과는 별개로, 나는 이야기의 끈질긴 생명력을 감히 바라고 싶었다.

독일어 사전에 따르면 메르헨에는 우리가 익히 아는 옛이야기, 동화라는 의미와 함께 소문, 풍문, 꾸며낸 이야기, 거짓말이라는 뜻도 있다. 구설수에 올라 부풀려지고 왜곡되기도 하는 타인의 삶 또한, 바람직하지 않은 방향의 유구한 이야깃거리다. 아득한 미래에 최소한의 낭만을 지킨다 해도, 결국 현재의 거울에 비추었을 때 나와 너 사이에 긋는 경계선, 혐오 역시 끈질기지 않을까라는 염려도 지나치기 어려웠다.

캣의 언어처럼 타인과의 공존은 정교함과 끈기를 필요로 하는 일이다. 그렇지만 우리 대부분은 그 어려운 일을 매일 해나가는 중이지 않을까. 때때로 절망하면서도 대체 불가능한 반짝임을 발견하면서. 어쩌면 이야기가, 책이, 그리고 소설이 그 어려운 언어를 포기하지 않도록 조금은 돕는다고 믿고 싶다.

그리고 이 이야기와 함께해 준 독자분들께도 특별히 감사드린다.

여름에 여름으로부터

## dot.16
# 메르헨

**초판 1쇄 발행**   2024년 9월 20일

**지은이**    연여름
**펴낸이**    박은주
**디자인**    김선예, 이수정
**마케팅**    박동준

**발행처**    (주)아작
**등록**      2015년 9월 9일 (제2023-000057호)
**주소**      07236 서울특별시 영등포구 의사당대로 38 102동 1309호
**전화**      02.324.3945-6      **팩스**  02.324.3947
**이메일**    arzaklivres@gmail.com
**홈페이지**  www.arzak.co.kr

**ISBN**      979-11-6668-816-4  04810
              979-11-6668-800-3  04810 (세트)